Des hett I net denkt!

Edition Evangelisches Gemeindeblatt

Jürgen Kaiser

Des hett I net denkt!

Was Schwaben weltweit vollbracht haben.

Evangelischer Verlag Stuttgart

Bibliografische Information der Deutschen Bibliothek:
Die Deutsche Bibliothek verzeichnet diese Publikation in der Deutschen Nationalbibliografie; detaillierte bibliografische Daten sind im Internet über http://dnb.ddb.de abrufbar

Illustrationen: Uli Gleis, Tübingen

Augustenstraße 124, 70197 Stuttgart, Telefon 0711 60100 0, Fax 0711 60 100 76
www.evangelisches-gemeindeblatt.de

ISBN 978-3-948882-46-4

Inhaltsverzeichnis

Vorwort

In meinen Jugendjahren bin ich viel in der Welt herumgekommen und bekam so den Eindruck: Gleich, wo man hinkommt, ein Schwabe war immer schon vorher da und hat etwas auf die Beine gestellt – „a G'schäft"! Das kann eine Missionsstation in Indien gewesen sein – so die Basler Missionare, die immer Kirche, Schule und Krankenhaus zugleich gebaut haben – oder ein eigenes Unternehmen. Alle haben sie ihre Welt verändert.

„Des hett I net denkt!", sagt dann der Schwabe anerkennend. Vielleicht sind mir solche Überraschungen schon früh aufgefallen, komme ich doch aus einem urschwäbischen evangelischen Haus, hatte aber eine Mutter aus Sachsen-Anhalt. Mein Großvater väterlicherseits war Schreinermeister, mein Opa mütterlicherseits Flugzeugbauer. Stolz erzählte er mir, dass er bei Hugo Junkers den Prototypen der JU 52 mit zusammengenietet hätte. Ein Modell der alten „Tante Ju" steht auf meinem Bücherregal. Durch so eine Familienkonstellation entdeckte ich vieles genauer bei den Schwaben und Schwäbinnen. Wie sie „ticken", welche „Medele" sie haben.

Immer und überall – also auf der ganzen Welt – stieß ich so auf Schwäbinnen und Schwaben, die Besonderes vollbracht haben. Über solche schreibe ich monatlich mit einer eigenen Rubrik namens „Ha no! Kaisers Württemberg" im wöchentlich erscheinenden Evangelischen Gemeindeblatt für Württemberg und seit neuestem auch für die Pfalz. Auf diesen Geschichten, die genau eine Heftseite lang sein dürfen, bauen die Kapitel in diesem Buch auf.

Die Geschichten leben auch durch die Zeichnungen von Uli Gleis, der alle meine Bücher mit seinem Stift bereichert hat. Ihm sei Dank! Mein Dank gilt auch meinem Produzenten Bernd Friedrich, der mich weise geführt hat, dem Verleger Frank Zeithammer, der mir viel zutraut und Ina Hochreuther als stilsichere Lektorin.

Dank aber auch an meinen Freund Dieter Skubski, der als Ex-Kriminalbeamter den ersten Zweitblick auf meine Artikel hatte. Ein besonderer Dank geht an meine Frau, die am Frühstückstisch meine nächtlich geschriebenen Artikel als Erste liest und kommentiert.

„Des hett I net denkt!“, kommentiert der Schwabe anerkennend, um dann mit „So ischs no au wieder!“ sein eigenes „Sach“ zu schaffen.

Jürgen Kaiser Herbst 2024

Die furchtlosen Schwaben

„Da stehen wir Helden, sagte der Frosch zum Schwaben!“ Die Menschen des ausgehenden Mittelalters lachten sich krumm über diesen Spruch. Der Nürnberger Meistersinger Hans Sachs setzte noch einen drauf und schrieb um 1545 die Geschichte von den neun (sic!) Schwaben, die auszogen einen Drachen zu erledigen, um dann an einem ängstlichen Hasen zu scheitern. Ganz Deutschland lachte über diese Geschichte, in der aus neun Schwaben sieben wurden. Auf deutschen Bühnen wurde noch im 19. Jahrhundert der Trottel immer als Schwabe dargestellt.

Das alles ist die Umkehrung einer anderen Geschichte. Denn die Schwaben waren wegen ihrer Tapferkeit so berüchtigt, dass sie sogar die Reichssturmfahne des Heiligen Römischen Reiches tragen durften. Diese wurde in Markgröningen aufbewahrt.

Los ging es schon vor dem Mittelalter. Da kamen die Schwaben den bedrohten Goten um 552 bei ihrem „Kampf um Rom“ zu Hilfe. Kein Gegner konnte sie überwältigen. Das schaffte dafür die Pest. Im Jahr 955 besiegten sie unter Führung des schwäbischen Bischofs Ulrich von Augsburg auf dem Lechfeld die Ungarn und retteten damit Westeuropa vor den Reitervölkern aus dem Osten. Bei den Staufern waren sie bei allen Kreuzzügen mit dabei. Als Konradin, der letzte Staufer, 1268 in Neapel das Schafott bestieg und den Kopf verlor, war sein badischer Freund, der Markgraf, der Nächste.

Kaiser Maximilian geriet 1488 in Flandern durch Verrat in Gefangenschaft, doch die Schwaben haben ihn herausgehauen und befreit. 1513 standen die Schwaben unter ihrem Feldherrn Georg von Frundsberg aus Mindelheim als fast schon geschlagene Armee des Kaisers Maximilian vor Venedig und erwarteten das letzte Gefecht.

Die Venezianer waren sich ihres Sieges so sicher, dass sie ihre Familien auf das Schlachtfeld mitnahmen, damit sie den Untergang der „Tedeschi“ miterleben konnten. Damals entstand der Begriff des „Schlachtenbummlers“. Aber Georg von Frundsberg organisierte seine Truppe neu, ließ die Männer mit ihren langen Spießen im Quadrat in Dreierstaffeln hintereinander aufmarschieren. Daran prallten die stolzen Venezianer ab, stürzten von den Pferden, und wer noch konnte, musste samt seiner Familie zu Fuß Reißaus nehmen. Mit diesem „Geviert-“ oder „Gewalthaufen“ schrieb Frundsberg Militärgeschichte.

Militärgeschichte schrieben die Schwaben aber auch 1527, als sie Rom plünderten. Zwei Jahre lang hatten die Soldaten keinen Sold mehr bekommen. Auch ihr Anführer Frundsberg konnte sie nun nicht mehr bremsen. Ihr Auftraggeber Kaiser Karl V. war in großer Geldnot und konnte sie nicht bezahlen. So plünderten sie Rom. Fast die ganze Schweizergarde verlor ihr Leben, als sie die

Flucht des Papstes aus dem Petersdom deckte. Zur Erinnerung an diesen Tag – man schrieb den 6. Mai 1527 – werden heute noch jedes Jahr die neuen Schweizergardisten des Vatikans am 6. Mai vereidigt.

Niemand kann bis heute den Verlust an Skulpturen, Bildern, Büchern, Gold, Schnitzereien, Gobelins und sonstigen Kunstschätzen ermessen, der damals eintrat. Kein Wunder, dass man solche Haudraufs nur noch mit Ironie und Witz ertragen konnte – so entstand die Geschichte der Sieben Schwaben. Sie wirkt bis heute. Frundsberg schrieb noch ein drittes Mal Militärgeschichte. Er schuf als Erster eine einheitliche Uniform für Soldaten – die Landsknechtkluft. Michelangelo war begeistert und hat sie für die Garde des Papstes veredelt. Sie ist bis heute die Uniform der Schweizergarde im Vatikan. Das war das einzige Mal in der Geschichte, dass schwäbische Kleidung Weltmode wurde.

Furchtlos und untreu

Der schwäbische Herzog Konrad IV. wollte Kaiser des Heiligen Römischen Reiches Deutscher Nation werden. Er war der Sohn des legendären Stauferkaisers Friedrich II., den sie in Italien bis heute noch respektvoll Federico Secondo di Svevia nennen. Dazu musste Konrad allerdings erst einmal zum Deutschen König gewählt werden. Genau das aber wollte Papst Gregor IX. zu Beginn des 13. Jahrhunderts verhindern. Er rief den Thüringer Landgrafen Heinrich Raspe zum Gegenkandidaten aus und unterstützte ihn mit reichlich Bestechungsgeld.

Papst Gregor IX. hatte genug von den Staufern. Schließlich bedrohten sie seinen Kirchenstaat auch noch vom Süden aus, nachdem Friedrich II. König von Sizilien geworden war. Mit seinem kleinen Kirchenstaat fühlte er sich in die Zange genommen. Außerdem sah er sich sowieso als mächtiger als den Kaiser an. Der wiederum meinte, dass sich Päpste nicht in das Regierungsgeschäft der Kaiser einzumischen hätten, also in der Politik gar nichts zu sagen hätten. Der Papst bannte den Kaiser mehrmals, der vertrieb ihn dafür aus Rom, so dass er in Lyon festsaß. Der Papst verzieh es Kaiser Friedrich II. außerdem nie, dass er erst nach langem Zögern zu einem Kreuzzug nach Jerusalem aufbrach.

Statt aber dort ein Blutbad anzurichten, verhandelte der Kaiser und erreichte einen Verhandlungsfrieden, den einzigen damals. Jerusalem und Nazareth waren nun für alle Christen frei zugänglich, ein zehnjähriger Waffenstillstand war unterschrieben und wurde eingehalten. Kein Tropfen Blut floss, der Papst tobte.

Und jetzt dieser Konrad. Der zog im Sommer 1246 zur Königswahl nach Frankfurt, ebenfalls Heinrich Raspe mit seinen Getreuen. Am 5. August 1246 kam es am Fluss Nidda bei Frankfurt zur Schlacht,

die im schwäbischen Geschichtsunterricht allerdings nie besprochen wird.

Konrad befehligte 3000 Mann. Seine beiden wichtigsten Heerführer waren Ulrich I. von Württemberg und dessen Verwandter Hartmann II. von Grüningen (heute Markgröningen). Sie hatten zwei Drittel der staufischen Streitmacht unter sich, darunter die gesamte Reiterei in ihren Ritterrüstungen. Doch als der Angriff begann, senkten die beiden schwäbischen Helden ihre Fahnen und liefen mit ihrer gesamten Mannschaft zu Heinrich Raspe über. Der Staufer Konrad IV. konnte nur noch fliehen und entkam nach Frankfurt. Die Stadt hielt treu zu den Staufern. Raspe wurde nicht eingelassen und konnte so auch nicht zum König gekürt werden.

Der Gesinnungswechsel konnte schnell erklärt werden. Der Papst hatte den beiden Helden angeboten, selbst Herzöge von Schwaben zu werden und umfangreiche staufische Gebiete zu erhalten. Außerdem „7000 Mark Silber“. Judas Iskarioth bekam für seinen Verrat damals nur 70 Silberlinge.

Mit diesem Verrat der Württemberger begann der Untergang der Staufer. Herzöge von Schwaben wurden die beiden Verräter zwar nicht, aber an staufischem Land durften sie sich bereichern. Die Staufer indes gingen unter. Als der Sohn Konrads IV., Konradin, seinen Kopf auf dem Marktplatz von Neapel 1268 vor dem Henker zur Enthauptung senkte, folgte ihm als Zweiter sein getreuester Freund, der Markgraf von Baden.

Damit verschwanden die Staufer aus der Geschichte. Der Aufstieg Württembergs aber begann.

Das Wahrzeichen Badens?

Der Bollenhut

Er ist das Erkennungszeichen der badischen Schwarzwaldwerbung: der Bollenhut. Ab der Konfirmation bis zur Hochzeit durfte der vergipste Strohhut mit 14 roten Stoffbollen getragen werden, ab der Hochzeit mit schwarzen. In Deutschland berühmt wurde er 1957 durch den Kinohit „Das Schwarzwaldmädel“ mit der Brandenburgerin Sonja Ziemann. Bis heute einer der erfolgreichsten deutschen Spielfilme aller Zeiten. Immer noch werden Models mit dem Hut fotografiert und so für die weltweite Schwarzwaldwerbung eingesetzt. Für die Badener ist es ihr Symbol.

Dieses Symbol ist ein ziemliches Kunstprodukt. Zum einen wurden die roten und schwarzen Hüte nur in den drei Dörfern Gutach, Reichenbach und Kirnbach getragen: von Evangelischen, nicht von Katholiken. Zum anderen musste diese Mode erst wieder regelrecht eingeführt werden. Denn das Tragen von Trachten geriet schon zu Napoleons Zeiten aus der Mode. Bürgerliche Biedermeierkleidung war angesagt, das Land ahmte die Stadt nach. Allenfalls zu hohen kirchlichen Feiertagen trugen die Omas die alten Trachten – die Kleidung war schon damals individueller. Um eine Identität unter seinen zusammengewürfelten neuen Landeskindern zu erreichen, ließ der württembergische König Wilhelm I. ab 1824 Kunstmaler über die Dörfer ziehen und die noch vorhandenen Trachten malen. Es wurde kräftig nachgeholfen und viel aus der Biedermeiermode gleich mit übernommen.

1860 machte es der badische Großherzog nach und ließ seine Trachten ebenfalls von Kunstmalern katalogisieren. Das Ergebnis: Die Dörfler kleideten sich so, wie die Künstler sich das vorstellten. Weil Rot so eine großartige Farbe ist, wurde nicht nur der Bollenhut tausendfach gemalt, sondern in Guttach entstand auch eine Malerkolonie, die gutes Geld mit den Bollenhut-Postkarten verdiente.

Der bayerische König Ludwig I. verfuhr genauso und war dazu noch großzügig: Wer in Bayern in Tracht heiratete – mitsamt der Hochzeitsgemeinde in Tracht – bekam die Hochzeitskosten vom Staat ersetzt. Das wirkte. Das bayerische Dirndl wurde so auf ewige Zeiten etabliert.

Künstler aus allen wichtigen deutschen Kunstzentren zogen nach Betzingen bei Reutlingen. Die Eisenbahn und der bald berühmte Gasthof „Rose" machten es möglich. Alle Maler logierten dort und es wurde selbstverständlich, dass die Betzinger Mädchen und Frauen in ihrem Sonntagsstaat Modell standen. Die schwäbischen Kunstdrucke waren in Deutschland Bestseller.

Am tollsten trieb es der badische Großherzog. Anlässlich der Hochzeit seiner Tochter Viktoria 1881 ordnete er in Karlsruhe einen Trachtenumzug an. Jedes Dorf musste vier Paare stellen. Der Maler Johann Baptist Tuttiné organisierte den Umzug und schickte in jedes Dorf Vorlagen, wie die Trachten auszusehen hatten. Er nahm dazu alte Bilder und veränderte sie nach seinem Geschmack. Die Dörfler nähten die Trachten nach. Wer dazu kein Geld hatte, dem wurde aus einer Schatulle in Karlsruhe „geholfen". Am besten leuchtete der rote badische Bollenhut.

Doch: Guttach, Reichenbach und Kirnbach waren bis 1806 Schwäbisch. Erst unter Napoleon wurden die Dörfer badisch. Der evangelische Bollenhut ist dort seit der Reformation bezeugt. Die badischste aller Trachten ist eine Schwäbin.

So isch's no au wieder.

Oberschwaben macht blau

Die ersten Global Player Deutschlands

Blau war einst die Farbe von Oberschwaben und dem Allgäu. Grün wurde die Landschaft erst, als die Eisenbahn ab 1860 in Kühlwagen Milch, Butter und Käse nach Italien fahren konnte und man deshalb Gras für die Kühe brauchte. Bis dahin wurde überall Färberwaid angebaut, der auch Deutscher Indigo genannt wird und nach der Ernte mit menschlichem Urin vergären musste. Beim Trocknen unter der Sonne oxidierte das Gebräu zur Farbe Blau. Sonntags wurde gepinkelt, montags machte man blau, am Dienstag wurde weitergearbeitet.

Noch gewinnbringender war der Flachsanbau. Daraus wurde im Mittelalter in jedem Bauernhof Leinen gewoben. In der Freien Reichsstadt Ravensburg saßen die Händler des Tuches, aber auch in Konstanz und Buchhorn (heute Friedrichshafen). Die machten sich gegenseitig Konkurrenz auf den Hauptverkehrswegen nach Italien über den Bodensee und den Gotthard. Da hatten drei konkurrierende Familien eine Idee: warum nicht zusammenarbeiten statt gegeneinander? Genau das taten die Humpis aus Ravensburg, die Mötteli aus Buchhorn und die Muntprat aus Konstanz ab 1380 immer häufiger. So entstand die „Societas Alamannorum“ – oder die „Große Ravensburger Handelsgesellschaft“, wie sie später genannt wurde.

Neben der norddeutschen Hanse wurde die Gesellschaft zu den ersten Global Playern Deutschlands. Jetzt bestimmten sie die Preise gemeinsam, hatten größere Absatz- und Einkaufsmöglichkeiten, legten Geschäftsführung und Buchhaltung zusammen und verminderten das kaufmännische Risiko für den Einzelnen. Ein großartiges Produkt hatten sie zudem anzubieten: Barchent. Das war der Stoff, aus dem man Segel nähen konnte: Leinen mit Baumwolle verwoben. Über Italien bezogen sie die Baumwolle, die sie an die Bauern zum Weben weitergaben. Den fertigen Barchent kauften sie ihnen wieder ab und vermarkteten ihn in Barcelona, Brügge, Antwerpen, Mailand und Venedig. Überall in Südeuropa handelten Niederlassungen der Genossenschaft.

Aber 1499 schaffte sie es nicht mehr, schnell auf Politik und neue Märkte zu reagieren. Der Global Player aus Schwaben zerfiel.

Gleichzeitig stiegen im Schwäbischen zwei andere Familien auf: die Fugger und die Welser. Hans Fugger zog 1387 als Weber nach Augsburg. Dort stieg er in den Leinen- und Barchenthandel ein, arbeitete sogar mit den Ravensburgern zusammen. Doch bei den Fuggern entschied immer nur einer, der Rest der Familie hatte zu gehorchen. So wurden sie groß, so gingen sie unter. Neben Waren handelten sie mit Geld.

Kaiser Maximilian konnte im 15. Jahrhundert seine Kriege nur führen, weil Jakob Fugger, der reichste Mann der Welt, ihm das Geld dazu lieh. Als Pfand erhielten die Fugger Anteile an den Silber- und Kupfergruben Tirols. Der Habsburger Karl V., sein Nachfolger, konnte nur Kaiser werden, weil das Geld von Jakob

Fugger die wählenden Kurfürsten bestach. Fugger wurde zum härtesten Konkurrenten der Hanse, beherrschte bald den gesamten Kupferhandel Europas, betrieb Spionage und als die ersten Gewürzschiffe aus Amerika kamen, kaufte er die gesamten Schiffsladungen auf. Im Einkauf liegt der Gewinn. „Fuggern" aber bedeutete bald „betrügen".

Die Welser finanzierten Flotten für den Kaiser und bekamen als Pfand die Ausbeutungsrechte für Venezuela. Venezuela wurde zu einer schwäbischen Herrschaft. Um die dortigen Minen auszubeuten, erfanden die Welser den weltweiten Sklavenhandel.

Mächtige kommen und gehen. An die hat Kolumbus nicht gedacht, als er eine neue Welt „entdeckte". Auf seinen Schiffen mit Segeln aus Ravensburg.

Das schwäbische Schibboleth

„Schibboleth" nennen Sprachwissenschaftler und Soziologen ein Kennwort, das Menschen durch ihre Aussprache trennt. So können etwa Engländer kein „ch" aussprechen, Schotten aber schon. Für Schotten wohnt das Ungeheuer Nessie im See Loch Ness, für die Engländer im Lock Ness. Diese Unterscheidung nennt man Schibboleth in allen Sprachen der Welt.

Urgroßvater solcher Trennworte ist das hebräische „Schibboleth" (Strom, Flut, Strömung) aus dem Buch Richter, Kapitel 12,5-6. Die Israeliten kämpften einst gegen die Ephraimiter. Diese verloren und flohen. Der einzige Rückzugsweg führte über eine Furt, die vom Stamm Gilead bewacht wurde. Kamen dort Flüchtende an, mussten sie das Wort Schibboleth aussprechen. Die Ephraimiter konnten aber kein „sch" aussprechen. Also sagten sie „Sibboleth" – und wurden erschlagen. In Schwaben gab es gleich zwei Schibboleths. Zum einen die Sprachverschiebung ab 1500, die von Augsburg her langsam die Sprache Richtung Westen veränderte. Im Schwäbisch der Stauferzeit sagte man noch „I bi im Hus g'si" (Ich bin im Haus gewesen). Wem das nun alemannisch oder Schwyzerdütsch vorkommt, liegt richtig. Nun aber änderten sich die Vokale von Augsburg her – sie verschoben sich. So entstand nun „I be em Haus g'wäa!" Das wurde das neue Schwäbisch.

Von Augsburg und anderen Reichsstädten breitete sich aber auch die Reformation aus. Mit dem neuen Schwäbisch ging es ins Nördlinger Ries, dann über Ulm und die Iller nach Füssen. Und immer weiter in den Westen bis ins Hegau und in die Baar. Ab 1550 eroberte das neue Schwäbisch keine weiteren Landstriche, verschwand aber auch nicht mehr. Nur in die Gegenden, in denen sich der Katholizismus behauptete, konnte es nicht eindringen. Denn da galt das neue Schwäbisch als evangelisch.

Ein zweites Schibboleth kam mit der Reformation ab 1534 in Württemberg dazu. Die katholischen Priester wurden gefragt, ob sie nun evangelisch predigen würden oder nicht. Lehnten sie das ab, mussten sie gehen. Das taten viele und es fehlten überall evangelische Pfarrer. Die württembergischen Reformatoren nahmen nun Kontakt zu Philipp Melanchthon in Wittenberg auf. Der hatte in Wittenberg jede Menge junger sächsischer Theologiestudenten – mehr als Sachsen brauchte. Melanchthon vermittelte sie gerne nach Württemberg.

So hörten die Schwaben auf einmal unter ihrer Kanzel nicht mehr von „Lehrern", der „Seele" und vom „Leben". Sondern: „Lährer", „Säle" und vom „Läben". Das machten sie nach und sprachen bald genauso. So entstand ein evangelisches Schwäbisch, das sich vom katholischen Schwäbisch in bestimmten Kennwörtern unterschied.

Die katholischen Gegenden im Südwesten kamen erst um 1806 nach Württemberg. Bis dahin blieben sie ihre eigenen Sprachinseln. So kann man bis heute an der Aussprache alter Schwäbinnen und Schwaben in den Dörfern des Grenzgebietes zwischen Tübingen (Württemberg) und Rottenburg (Vorderösterreich) hören, ob die Dörfer evangelisch oder katholisch geprägt waren. Natürlich verwischt sich heute alles. Dazu beigetragen hat auch ein Beschluss der Alliierten: Sie siedelten nach dem Ende des Zweiten Weltkriegs evangelische Flüchtlinge und Heimatvertriebene in katholischen Gegenden an und katholische Flüchtlinge und Heimatvertriebene in evangelischen Gebieten. Das hat Auswirkungen bis heute. Eigentlich gab es noch ein drittes schwäbisches Schibboleth. Während der Reformationszeit war Württemberg von habsburgischen Truppen besetzt, also katholisch. Die Evangelischen erkannten sich an ihrer Parole: „Hie gut Wirttemberg!" Antwort: „Alle Wege!".

Vom Haar- zum Hefezopf

Der Hefezopf ist das älteste urschwäbische Gericht, das wir kennen. Das mag manche verwundern, die bislang Linsen und Spätzle, Gaisburger Marsch, Saure Kartoffelrädla oder Laugenbrezeln für die ältesten schwäbischen Gerichte gehalten haben.

Aber eigentlich ist das mit dem Hefezopf nur logisch. Er braucht nur ganz wenige Zutaten. Wer die nicht mehr im Hause hat, ist wirklich arm dran. Dazu braucht es technische Fähigkeiten, aus mindestens drei Teigsträngen einen kunstvollen Zopf zu wickeln. Also etwas Einfaches technisch vollenden, das ist etwas für echte Schwäbinnen. Ein so raffiniert hergestellter Hefezopf macht was her. Wenn zum Beispiel Verwandte zu Besuch kommen. Bei uns daheim hieß er deshalb „Verwandtenstopfer". Gibt man Zibeben (Rosinen) hinein, wird er süß. Ist er alt, bekommt ihn der Opa. Er kann ihn in den Kaffee „donka" und schützt so seine Zähne. Und wenn der Zopf ganz alt ist, verwandelt ihn die knitze Schwäbin in einen „Ofenschlupfer".

Wurde eine Alamannin zur Witwe, schnitt man am Grab des verstorbenen Ehemannes ihren Haarzopf ab und warf ihn mit ins Grab. Kleine alamannische Mädchen trugen das Haar offen, ab der Menstruation wurde das Haar zu kleinen Zöpfen geflochten. Die verheiratete Frau trug nur einen Zopf, eine Witwe kurze Haare. Archäologen haben Reste von Zöpfen in alamannischen Gräbern gefunden.

496 nach Christus schlugen die Franken in der Schlacht von Zülpich bei Köln die Alamannen. Diese wurden auf die heutige schwäbisch-alamannische Sprachgrenze zurückgedrängt (immerhin bis Augsburg im Osten, das Elsass im Westen, die Deutsch-Schweiz und Tirol im Süden). Als der fränkische König Chlodwig

sich 507 christlich taufen ließ, ließen sich auch seine Krieger und ihre Familien taufen. Der Chef machte es vor, das Volk nach. Religionsunterricht gab es keinen. Die Alamannen, die weiterkommen wollten, machten es nun den Franken nach – sie wurden – aber nur ganz langsam Christen. Das dauerte bis ins Jahr 700. Man spricht von einem „alamannischen Streuchristentum", was Rom damals nicht passte. Denn die frühen schwäbischen Christen waren wie die Arianer der Meinung, dass Gott als Vater so einmalig sei, dass Sohn und Heiliger Geist ihm nur wesensähnlich sein könnten. Das stand im Widerspruch zur gesamten Christenheit und zu den Franken, die römisch katholisch waren.

Also setzten die Franken die Mönche aus Weißenburg (Wissembourg) in Marsch, die überall römisch-katholische Peterskirchen an der Grenze errichteten und langsam die Schwaben auf Rom einschworen. Aber das ist eine eigene Geschichte.

Die knitzen Schwäbinnen nutzten still und heimlich die Gunst der Stunde. Es blieb beim Zopf als Grabbeigabe. Nur änderten sie die Art der Zöpfe. Aus dem Haarzopf wurde der Hefezopf. Und den konnten bis heute Archäologen in den Gräbern aus der Zeit der Christianisierung der Schwaben nachweisen. Im Brotmuseum in Ulm kann man es sehen: Hefezöpfe gehören zu den „Gebildbroten" – so wie die Springerle auch. Diese waren die Ansichtskarten, heute die Instagramnachrichten, der damaligen Analphabeten. Wünsche wurden in Bildern ausgedrückt und in Teig gepresst. Trauer wurde mit dem Zopf bekundet – aber jetzt aus Teig. Eine der ersten Emanzipationen der Schwäbinnen in der Geschichte: „Plärrt wird – aber I behalt meine Hoar!"

Und der Clou: Der Umgang mit dem Zopf hat sich wohl ins kollektive Gedächtnis der Schwäbinnen und Schwaben eingeprägt. Ist sozusagen zu einer schwäbischen DNA geworden. Bei einem Leichenschmaus gibt es bis heute in Schwaben auf jeden Fall einen Hefezopf.

Die schönsten Frauen im Land

Steinbruchbesitzer Karl Sigrist war nicht überrascht, als er im Juli 1933 in seinem Steinbruch in Steinheim an der Murr einen versteinerten Knochen entdeckte. Schon häufig waren in seiner Kiesgrube versteinerte Knochen von Tieren gefunden worden. Aber jetzt hatte er den Schädel des „Urmenschen von Steinheim" frei gelegt. Der „homo steinheimensis" entpuppte sich als eine 25-jährige Frau, die vor 300 000 Jahren den Tod fand. Heute wissen wir mehr: Die erste Schwäbin litt unter einem Gehirntumor, hinkte und wurde von einem Säbelzahntiger getötet.

„Erste Schwäbin" stimmt so natürlich nicht. Damals gab es noch keine Schwaben. Älter als die Frau von Steinheim ist nur noch der „Mann von Mauer", der vor 600 000 Jahren lebte und dessen Knochen als „homo heidelbergensis" in Mauer in der Nähe von Heidelberg gefunden wurden.

Als 1856 das erste Skelett eines Neandertalers entdeckt wurde und Charles Darwin Schriften über die Entstehung der Arten veröffentlichte, brach eine Welle in Europa los. Darwins Anhänger erklärten, dass der Mensch vom Affen abstamme (was nicht stimmt und er auch nie behauptet hatte), Rassetheorien entstanden und die Frommen wandten sich mit Schaudern gleich von den gesamten Wissenschaften ab.

Auf der Schwäbischen Alb schrieb David Friedrich Weinland auf dem Gut Hohenwittlingen 1878 für seine Söhne einen fantastischen Jugendroman, der bald sehr bekannt wurde: Rulaman. Um seine Jungs zu begeistern, ließ Weinland die erfundene Handlung in der Umgebung ihrer Heimat bei Bad Urach spielen. Der Häuptlingssohn Rulaman gehört dem Volk der Tulka an, deren Höhle die Schillerhöhle unter der Ruine von Hohenwittlingen war. Die

Tulka sind Teil der Aimats, also Steinzeitmenschen. Kalats wandern nun ein, also Kelten. Diese bedrohen die Aimats und die befreundeten Hukahs, die in der Falkensteiner Höhle hausen. Ebenso wie die befreundeten Nalli in der Nebelhöhle. Die Kelten siegen, weil sie Metallwerkzeuge und Waffen besitzen. Rulaman bleibt als einziger Überlebender übrig und zieht allein in die Welt hinaus, der Sonne entgegen.

Neben Rulaman, dem Schwarm der Leserinnen, spielen zwei Frauen eine große Rolle: zum einen die schöne Ara aus dem Stamm der Nalli, in die sich die pubertierenden Leser verliebten. Und die alte Parre, die Urgroßmutter von Rulaman, eine geheimnisvolle, alte, weise Frau. Generationen haben dieses Buch verschlungen, dabei geträumt und geweint. Doch alles ist eine Erfindung: Steinzeitmenschen und Kelten sind sich nie begegnet.

Auf der Suche nach den ersten Schwäbinnen der Geschichte sind andere fündig geworden. Um 250 nach Christus entstand ein

römischer Friedhof auf der Nilinsel Elephantine bei Assuan in Ägypten. Es sind alemannische Gräber, gekennzeichnet mit Tontäfelchen. Hier findet sich das Grab der Sybille Walburg, einer Frau aus dem Stamm der Semnonen. Die Semnonen wurden vom römischen Historiker Tacitus als Hauptstamm der Alemannen bezeichnet. Alemannische Söldner waren in Ägypten stationiert und Walburg muss eine solch große Rolle dabei gespielt haben, dass sie ein eigenes Grab erhielt. Sie war eine „Sybille" – also eine Prophetin, weise Frau und Heilerin.

Zu den ersten Schwäbinnen gehört unbedingt Bissula, das Mädchen aus dem Schwarzwald. 368 nach Christus bekam sie der Gelehrte Ausonius in Bordeaux als Sklavin vom römischen Kaiser geschenkt. Der alte Mann verliebte sich so in die junge Frau, dass er Gedichte über sie veröffentlichte und sie sogar malen ließ. Der Künstler bekam die Anweisung, „purpurne Rosen und weiße Lilien" müsse er als Farben mischen, um ihr Gesicht treffend malen zu können.

Im 11. Jahrhundert schwärmten die Minnesänger, die fast alle aus Schwaben stammten, von den Schwäbinnen. Einer von ihnen, Hartmann von der Owe (Owen/Teck) beschrieb die Schwäbin so:

„Schlank, aber nicht mager oder flach,
mit glatter weißer Haut,
hohen Beinen, dünnen Fesseln,
und kleinen Füßen mit so hohem Spann,
dass ein Vogel durchschlüpfen konnte,
die Hüften wiegend, die Arme voll,
aber die Finger lang und dünn mit rosigen Nägeln,
mit nicht so großen, eher kleinen Brüsten,
die blank, fest und ganz rund
als wie zwei Paradies-Äpfelein sein mussten
mit langem, seidigen Haar, kleinen ovalen Ohren,
engen, weißen Zähnen, und einer spitzen, rosaroten Zunge."

Schon im frühen Mittelalter hieß es: Die Schwäbinnen seien die schönsten Frauen Deutschlands.

Nürnberg hat übernommen

Lebkuchen, Springerle und in Reutlingen Mutscheln – es wird Weihnachten und Silvester. Da kauft man Elisabethenlebkuchen aus Nürnberg und schwelgt. Aber es gibt eine bittere Erkenntnis für die Franken: Erfunden wurden die Lebkuchen in Ulm. Jedenfalls, wenn es nach den Urkunden geht. Am 17. März 1293 wird „Cunrat der Lebzelter" als Bürge in einem Vertrag genannt. Damit ist belegt, dass die Schwaben aus Ulm den Lebkuchen erfunden haben. „Zeidler" nannte man im Mittelalter die Honigsammler. Sie waren hinter den Wildbienen und ihren Nestern her und besorgten das einzige Süßungsmittel der Alten Welt. Schon die Römer kannten Brotfladen, die mit Honig bestrichen wurden: „panis mellitus" nannten sie das süße Gebäck. Der Fladen hieß „libum" und daraus wurde dann der Lebkuchen. Streute man noch mehr Gewürze darüber, wurde daraus der „Pfefferkuchen" – einfach, weil man damals alle Gewürze „Pfeffer" nannte, kamen sie doch aus dem Orient und waren sehr teuer.

Die Nürnberger Lebkuchen sind heute auf der ganzen Welt zu kaufen, weil die Nürnberger die Schwaben ausbremsten. Sie erwarben im Mittelalter vom Kaiser das Privileg, im Heiligen Römischen Reich Deutscher Nation allein mit Honig handeln zu dürfen. Da die Ulmer nun ihren Honig aus Nürnberg beziehen mussten, waren sie nicht mehr marktfähig. Die Franken hatten wieder mal über die Schwaben gesiegt.

Doch bei den Springerle waren die Schwaben nicht zu schlagen. Vielleicht, weil sie kompliziert in der Herstellung sind. Ein Springerle ist ein durch ein Holzmodel geprägtes Gebäck. Es hat einen gelblichen Sockel und ein weißes Oberteil. Sieht zweischichtig aus, ist aber aus einem Teig. Beim Backen in milder Hitze springt das weiße Bild über dem goldgelben Füßle hoch. Davon kommt der Name. Sie zu backen, ist eine Kunst: Oft werden die Springerle bockelhart. Wer sie backen kann, ist in Schwaben angekommen. Das Backen ist sauschwer – das Ankommen in Schwaben meistens auch. Umgekehrt nahmen die Schwaben ihre Springerle mit hinaus in die Welt. In der Stadt Strasburg in Pennsylvania (USA) gibt es ein „Springerle House" mit einer Model-Sammlung und einem Online-Shop. Das ist Schwaben international.

Wichtig ist das Model. Meistens ist es aus Birnbaum. In dieses Holz werden Botschaften geschnitzt – also Bilder. Früher wurden Springerle das ganze Jahr über gebacken. Es waren die Postkarten für Analphabeten. Mit Bildern wurden Botschaften ausgedrückt. Diese wurden zu Taufen, Verlobungen, Hochzeiten und sonstigen familiären Anlässen ausgetauscht. Zu Weihnachten und Neujahr gab es die passenden Springerle. In Oberschwaben etwa zu Neujahr die Botschaft „J-H-S": Jesus, Heiland, Seligmacher. Oder das Bild einer modisch gekleideten Dame, verschenkt an Mädchen von der Patin. Das nannte man dann „Zuckerdockele". In backenden

Familien ist es eine Glaubensfrage bis heute, ob man den frischen Teig auf das Model drückt oder das Model auf den Teig. Je nach Familientradition gibt es „Aufdrücker“ und „Reindrücker“.

Die Reutlinger haben noch eine weitere Besonderheit: Mutscheln. Die Mutschel ist ein sternenförmiges mürbes Hefegebäck mit acht Zacken. Die Mitte ist erhöht, mit einem geflochtenen Kranz drum herum.

Um sie wird gewürfelt. Besondere Mutschelspiele heißen „Das nackete Luisle“ oder „Der lange Entenschiss“. Wer kein Würfelglück hat, muss ein trockenes Mutschelstück essen und dann pfeifen. Dann weiß er, warum das Spiel „Der Wächter bläst vom Turm“ heißt. Diese Spiele können so lustig sein, dass die Reutlinger fast spielsüchtig werden.

Glanz für die gute Stube

Was der katholische Priester Johann Geiler von Kaysersberg um 1500 in und um Straßburg zu Weihnachten sah, erzürnte ihn dermaßen, dass er sogar in Predigten im Straßburger Münster dagegen wetterte: Die Menschen würden doch tatsächlich „danreiß in die Stuben legen!“ und so mit den grünen Tannenzweigen von der Weihnachtskrippe ablenken. Er war berühmt in Deutschland, predigte er doch auch auf Deutsch und nahm kein Blatt vor den Mund. Wie muss es ihm da missfallen haben, dass 1509 in Schlettstadt im Elsass (Sélestat) ein Tannenbaum von der Decke der Kirche herunterhing und 1539 sogar im Münster zu Straßburg.

Für die Germanen waren Bäume heilig. Und die Alemannen, die schon von den Römern mit den Schwaben gleichgesetzt wurden, hatten noch einen besonderen Brauch: An manchen Festtagen stellten sie an heiligen Orten grüne Bäume auf – im Winter eben Tannenbäume. Der Tannenbaum war ein Symbol der Fruchtbarkeit. Sie hatten noch ein Symbol der Fruchtbarkeit: den Apfel. Alemannische Jünglinge überreichten ihren Angebeteten einen Apfel als Heiratsantrag. Wurde er angenommen, war alles perfekt. Wurde er abgelehnt, war auch alles klar. Typisch schwäbisch: Kommunikation ohne Worte. Wenn es von einem Mädchen hieß: „Sie hat des Apfels Kunde nit!“, dann bedeutete das, dass das Mädchen noch nicht aufgeklärt war.

Schnell wanderte der Weihnachtsbaum aus den Kirchen in die bäuerlichen Stuben. 1521 ist in Schlettstatt bezeugt, dass der Förster vier Schillinge Extralohn erhielt, wenn er ab dem Thomastag am 21. Dezember die jungen Tannenbäume (Meyen) im Wald bewachte. 1554 verbot der Bischof von Freiburg ausdrücklich vor Weihnachten das Fällen von „weyhenachten-meyen“. Vergeblich.

In den Stuben wurden die Bäume nun geschmückt. Im kollektiven Unterbewusstsein erinnerte man sich an die Äpfel. So kann man 1604 in Straßburg lesen: „Auff Weihenachten richtet man Dannbäum zu Strassburg in den Stuben auff, daran hencket man roßen aus vielfarbigem papier geschnitten, Oblaten und Äpfel!"

Vom Elsass aus eroberte der Brauch die ganze Welt. Als in Sachsen im 18. Jahrhundert die Äpfel zu Weihnachten knapp waren, blies ein Glasbläser eben Äpfel aus Glas – die weihnachtlichen Glaskugeln waren erfunden.

Die schwäbischen und hessischen Soldaten unter Englands Fahnen im amerikanischen Unabhängigkeitskrieg feierten Weihnachten in den USA unter ihren kargen Tannenbäumchen. Viele von ihnen desertierten und liefen zu George Washington über, da sie wussten, dass sie nie mehr ihre Heimat sehen würden. So brachten sie den Brauch in die USA. Prinz Albert von Sachsen-Coburg und Gotha führte nach seiner Heirat mit Königin Victoria im Buckingham Palast den Christbaum ein. Der englische Adel machte es dem Königspaar nach, genauso das bürgerliche England. So ist das in allen Monarchien geschehen, da der deutsche Adel mit allen regierenden Häusern Europas verwandt ist.

Das Elsass ist alemannisch-schwäbisches Sprachgebiet. Schlettstadt ist eine Gründung der Staufer. Schwäbischer geht es nicht. So gesehen ist der Christbaum eine schwäbische Erfindung.

Ab 1521 breitete sich die Reformation im Elsass aus. Die Evangelischen brachten die Bäume in die bäuerlichen, später dann in die bürgerlichen Stuben. Den Katholiken war dies lange Zeit verboten. Noch im 18. Jahrhundert wurde von katholischen Kanzeln gegen die Evangelischen als „Tannenbaumreligion" gewettert. Erst in den Befreiungskriegen ab 1813 gegen Napoleon wurde der Christbaum „deutsch" und hielt auch in katholischen Wohnstuben Einzug. So kam ausgerechnet bei den Evangelischen „Glanz en d' Stub", während bei den eigentlich sinnenfreudigeren Katholiken lange nichts in der weihnachtlichen Stube leuchtete.

Der Geruch von Ludwigsburg

Johann Heinrich Franck

Wer sich im letzten Jahrhundert Ludwigsburg näherte, konnte die Stadt von weitem riechen: Sie roch nach Zichorienkaffee, auf schwäbisch Muckefuck. Der gemahlene Kaffee-Ersatz aus der Wurzel der Gemeinen Wegwarte, auch Zichorie genannt, bekam im französisch besetzten Rheinland als „mocca faux" – falscher Kaffee – seinen Spitznamen weg. Nebenbei: aus einer anderen Zichorie macht man Chicorée-Salat.

1813 musste Johann Heinrich Franck aus Vaihingen an der Enz Soldat werden – als württembergischer Jäger im Heer Napoleons. Weil er Kaufmann und Konditor gelernt hatte und neben seiner Zuckerbäckerei auch einen Handel betrieb, wurde er beim Kommiss „Fourier" – war also für die Versorgung und Verpflegung zuständig. Er war in Paris und Reims eingesetzt und bekam dort mit, wie die Franzosen einen Kaffee herstellten, der nie eine Kaffeebohne gesehen hatte: aus der Wegwarte. Unter Napoleon gab es die Kontinentalsperre. Auf dem Europäischen Festland durfte nichts mehr über die Engländer eingeführt werden. So gab es auch keinen Kaffee und keinen Zucker mehr.

Dabei hatte der Kaffee schon seit 1645, als in Venedig das erste Kaffeehaus Europas eröffnete, längst seinen Siegeszug durch die Wohnstuben Europas angetreten – wenn man sich ihn leisten konnte.

Als Franck siegreich und unverwundet aus den Befreiungskriegen wieder nach Vaihingen zurückkehrte, hatte er ein Zichorienrezept im Tornister und experimentierte bis 1822 mit den Wurzeln.

Weil er als Kriegsheld galt, bekam er von König Wilhelm I. das Salzmonopol für das Oberamt Vaihingen verliehen. Nur er durfte dort Salz einführen und verkaufen. Neben der Idee mit dem Ersatzkaffee hatte er noch eine Idee: Sein Salz vertrieb er über Vertrauenspersonen in jedem Dorf. Das waren seine Agenten. Diese verdienten umso besser, wenn sie selbst zu den Kunden gingen und verkauften, statt auf die Kunden zu warten. Das war neu.

So wurde Franck zum ersten „Unternehmer" Württembergs. Er verpackte seine Zichorien wie eine Wurst in eine rote Hülle und schuf so den ersten Markenartikel Deutschlands. Sofort erkannte man seinen Kaffee in jedem Laden. Und diese Ersatzkaffeewurst ließ er durch seine Salz-Vertriebler gleich mit anbieten. Weil der Kaffee leicht war, gab er ihm einen starken Namen: „Löwen-Kaffee". 1836 wurden in Württemberg 500 Gramm Bohnenkaffe pro Kopf getrunken, 1866 schon zwei Kilo.

Kaffee war heiß begehrt, aber teuer und die Menschen immer noch arm. Da half Franck. Sein Muckefuck wurde entweder pur verwendet, oder man streckte mit ihm die wertvollen Kaffeebohnen. Sein Unternehmen wuchs enorm und so zog die Firma Heinrich Franck Söhne GmbH 1868 in Ludwigsburg gegenüber dem Bahnhof ihren Industriekomplex als fast eigenen Stadtteil hoch. Von nun an lag für Jahrzehnte der Zichorienduft über der Stadt.

Derweil strahlte in Ludwigsburg nachts nicht etwa das Schloss im Licht, sondern eine rot beleuchtete Kaffeemühle über der Fabrik. Es strahlten aber auch die schwäbischen Dienstmädchen. Nicht, weil sie wegen ihres geringen Lohns nur Francks Kaffee trinken konnten, sondern weil die rote Farbe des Einwickelpapiers sich unter Wärme leicht löste – und fertig war das Rouge für die Wangen.

Die Firma wuchs und wuchs und hatte schließlich unter dem Enkel Richard Franck 27 Fabriken in elf Staaten Europas. Dieser Enkel war es auch, der 1923 dem mit seiner NSDAP gescheiterten Adolf Hitler 600 000 Schweizer Franken als Darlehen gab, damit der sein Hetzblatt „Völkischer Beobachter" aus der Insolvenz retten konnte. Dies ist ihm gelungen.

Besuchen Sie mein Zelt

Willkommen im alten reinen Schwäbisch! Unsere wackeren Schwaben haben die französischen Fremdwörter nicht mal bemerkt. „Visitez ma tente“ (Besuchen Sie mein Zelt), luden die französischen Soldaten die schwäbischen Mädchen im Pfälzer Erbfolgekrieg ab 1688 ein. Die schwäbischen Väter fürchteten diese „Fisimatenten“. Dem neumodischen Feuerzeug misstrauten sie auch, weil es nur vielleicht, „peut-être“, funktionierte.

„Mach m'r blos koine Fisimatenten!“, ermahnt der Schwabe seine Tochter, deren Rock nach väterlicher Ansicht viel zu kurz ist, „sonschd komm' i en Raasch!“ Der gleiche Vater sitzt abends

mit seinen schwäbischen Freunden beim Wein. Gemeinsam lamentieren sie darüber, dass auch die schwäbische Sprache mit Fremdwörtern verhunzt sei. Als sie ins Parlieren kommen, erzählt der Karle, was ihm heute widerfahren ist.

Eigentlich wollte er mit seinem Fiedle auf dem Schessloh ruhen, sich mit dem Peteterle einen Stumpen anzünden, still zum Blaffo hochschauen und darüber sinnieren, ob er das Fass mit den Kukambern in der Remis oder im Sutroi abgestellt hat. Egal, es ist eigentlich eine Petitess. Für sein schwäbisches Pläsier hat schon gereicht, dass er das Trottwar besonders sauber geputzt hat, dabei das verlorene Portmannee von der Nachbarin wiedergefunden hat, die wegen diesem Malör doch arg in die Bredullje gekommen sei. Die habe sich über den Fund so gefreut, dass er sogar ihre gerade gekochten Dampfnudeln mit Schoddo-Soß habe probieren dürfen.

Der Sonnenkönig Ludwig XIV. ließ Marschall Mélac und seine Truppen in die Pfalz, Baden und Württemberg einfallen, um seine Ansprüche auf die Pfalz anzumelden. Mélac wurde zum „Verwüster der Pfalz". Er vermied alle Kämpfe, sein Befehl war zu zerstören, auszurauben und bei Widerstand alles zu verbrennen. Dem Heidelberger Schloss sieht man das heute noch an. Militärischen Widerstand gab es keinen, denn die badischen, pfälzischen und württembergischen Truppen waren alle Teil des kaiserlichen Heeres und standen damals unter dem Befehl des Prinzen Eugen vor Wien, um die türkische Belagerung abzuwehren. Mélac kam bis nach Schorndorf, das er belagerte. Als die Männer der Stadt diese übergeben wollten, wurden sie von den Frauen unter der Führung der Bürgermeistersgattin Barbara Künkelin im Rathaus eingesperrt – ohne Wasser und Brot. Nun verteidigten die Frauen als „Weiber von Schorndorf" die Stadt. Sie verjagten die Franzosen. Eine Geschichte, die uns zutiefst bewegt, aber leider eine Legende ist. Denn die Franzosen zogen ab, weil sie mitbekamen, dass die württembergischen Truppen nach ihrem Sieg in Wien bereits in Ulm marschierten, um die Franzosen zu verjagen. Die aber sollten verwüsten, nicht kämpfen.

Der Ruhm gehört trotzdem den Frauen. Denn die gesamte württembergische Regierung war rechtzeitig nach München geflohen. Nun herrschte Chaos im Land – auch ohne die Franzosen. Nur die Herzogin Magdalena Sibylla war in Stuttgart geblieben. Sie als Frau durfte nicht regieren. Tat es aber trotzdem, denn die Herren waren ja auf und davon. Die Herzogin verhandelte mit Mélac so erfolgreich, dass dieser später behauptete, die Herzogin sei „der einzige Mann in Württemberg" gewesen.

Noch bis zur Niederlage Napoleons 1815 in Waterloo kamen über 100 Jahre immer wieder französische Truppen ins Land. So lernten die Schwaben Französisch.

Mélac aber, den „Mordbrenner", haben sie nie vergessen. Bis zum Beginn des Ersten Weltkriegs wurden die bissigsten Hofhunde auf schwäbischen Bauernhöfen nach ihm benannt: „Melak", oder „Melagg"!

Schwabens DNA

Schwaben sind hehlenga reich, aber verärgert, wenn man sie deshalb für arm halten würde. Ein seltsamer Widerspruch. Aber genau darin ist das Wesen der Schwaben verborgen. Der Begriff „Hehlenga" ist sozusagen die DNA des Schwabensein.

Genauer: es ist die DNA der evangelischen Schwaben aus dem alten Herzogtum, dem schwäbischen Stammland. Diese Beobachtungen gelten nicht für Oberschwaben, ehemalige Freie Reichsstädte und Vorderösterreich. Also dem Gebiet südlich von Tübingen bis an den Bodensee, das bis 1806 zu Vorderösterreich gehörte und von Freiburg aus regiert wurde. Allein die herzoglich evangelischen Schwäbinnen und Schwaben sind gemeint.

Für sie galt ab 1559 die Allgemeine Schulpflicht auf Kosten des Staates, bezahlt aus ehemals katholischem Besitz. Die Schwaben konnten fast 150 Jahre vor allen anderen Deutschen Rechnen, Schreiben und Lesen. Für sie galt auch als einzigem Land in Deutschland das Realteilerbrecht. Alles wurde gerecht verteilt, sogar Frauen konnten in Schwaben erben – aber dadurch wurde es immer weniger und weniger und weniger. Dazu kam ab 1607 eine so strenge Kirchenzucht, dass Schwaben schon bald das „lutherische Spanien" genannt wurde. Ein Gruß an die Inquisition. Die Nachbarschaft wachte über Zucht und Ordnung. Es galten strenge Lebensregeln für das tägliche Leben, wer sie missachtete, wurde bestraft. Wer die Nachbarn anzeigte, erhielt eine Belohnung in bar. Überwachung lohnte sich. Die Schwaben hörten nach außen hin auf zu leben, stellten die Sprache um zum Schweigen („I denk mei Sach!" –„Net g'schompfa isch g'lobt g'nug!").

Die Schwaben wurden deshalb extrem misstrauisch. Das galt nicht nur für die Sprache, sondern auch für das Sozialverhalten.

Saß im Wirtshaus an jedem Tisch nur einer, galt die Wirtsstube als voll. An fremde Tische setzt man sich nicht. Miteinander geredet wurde auch nicht. Und wenn geredet wurde, war Tarnen und Täuschen angesagt, um erst einmal herauszubekommen, wie das Gegenüber tickte. So wurde entweder maßlos untertrieben, oder maßlos übertrieben: „Als ich das g'hört han, bin ich g'roifelt wiad Sau, Zong ist mir rausg'hängt, aber ich haus no erwischt" – Ein Sonderangebot beim Discounter. Oder: Jetzt wo des saischt: Ja, i han g'eerbt. A Wies amma Hang, a Häusle stoht druf, M'r ka drom rom laufe. M'r kommt aber bloss mit Staffla na." - eine Villa auf dem Killesberg.

Deshalb wurde der Schwabe „hehlenga!". Erst mal das Gegenüber abchecken. Nicht gleich alles verraten. Ganz bescheiden tun. Aber Vorsicht: Hehlenga wird immer mit „heimlich" übersetzt. Das ist nur ein Teil der Wahrheit. In Hehlenga steckt noch ein altes Wort aus dem Stauferdeutsch des Mittelalters. Wir kennen es nur noch in einem Halbsatz im heutigen Deutsch: er/sie machte kein Hehl draus. Hehl war das Stauferwort für Geheimnis. Also machte er oder sie kein Geheimnis aus etwas. So ist Hehlenga gleichsam ein dialektisches Wort. Es steht für heimlich und geheimnisvoll.

„Hehlenga" ist das Schlüsselwort, um das Wesen der evangelischen Schwaben zu verstehen. Man übte sich in bewusster Demut und Bescheidenheit, um gleichzeitig herauszufinden, wie der andere tickte und wo er stand. Und ihm gleichzeitig geheimnisvolle Signale zu senden. Breit schwäbisch in Berlin reden und gleichzeitig Goethe und Schiller zitieren. Oder die alten Anzüge des Vaters auftragen und gleichzeitig eine sehr teure Schweizer Uhr am Armgelenk hervor blinken lassen. Das ist hehlenga.

Die reichste Schwäbin

Karoline Kaulla

Herzog Carl Eugen hatte ein Problem. Wie alle absolutistischen Herrscher brauchte er Schmuck, Parfüm, Pelze, kostbare Stoffe, edle Pferde und ausgesuchte Leckereien. Nur kaufen konnte er es nicht. Geld hatte er auch keines. Banken gab es nur in Italien. Für solche Besorgungen – alles auf Kredit finanziert – hielten sich andere Herrscher Hoffaktoren, auch „Hofjuden" genannt. Kaufmänner jüdischer Herkunft. Seit 1738 jedoch war diese Stelle in Württemberg leer und niemand bewarb sich darum. Denn sein Vorgänger Herzog Carl Alexander hatte dazu Joseph Süß Oppenheimer angestellt. Die evangelischen Schwaben mochten den Herzog nicht, weil er katholisch war. Und zum anderen mochten sie ihn nicht, weil er mit Hilfe seines Finanzministers das rückständige Württemberg reformieren wollte und dies auch gründlich tat – sehr zum Ärger der „Ehrbarkeit", also der 15 bis 20 führenden Familien im Lande, die ihre Pfründe und Privilegien davonschwimmen sahen. Als der Herzog starb, vollzogen sie einen Justizmord am Finanzminister. Die Nazis machten mit Regisseur Veit Harlan einen Hetz-Film draus – „Jud Süß".

Noch im Mittelalter, als unter den Staufern überall Städte gegründet wurden (Barbarossa hat so Hamburg gegründet), war es den Christen durch die Kirche verboten, mit Geld zu handeln und Zinsen zu nehmen. Geld und Kredite wurden aber überall gebraucht. Dies durften nur Juden unter kaiserlicher Aufsicht vermitteln. Der Kaiser nahm dafür jedes Jahr extra Steuern von ihnen ein – das „Kopfgeld".

Die jüdischen Gemeinden liehen sich nun das Geld gegenseitig aus – quer durch Europa. Ihre Kaufleute transportierten das Geld über den Kontinent – in Form von hebräisch geschriebenen Schuldscheinen, die nur gültig waren, wenn von Rabbinern un-

terschrieben. So wirkten die Briefe wie ein Wechsel. Das funktionierte in Italien als Erstes und schließlich übernahmen es die christlichen Kaufleute in den freien Städten Genua, Mailand, Pisa und Venedig. Sie verrechneten das wie ihre jüdischen Vorbilder auf Girokonten, zahlten im Voraus mit einem Cheque. Wer bar zahlte, bekam Skonto. Welcher Dieb konnte mit einem hebräisch geschriebenen Wechsel, den er nicht lesen konnte, etwas anfangen? So arbeitete auch Madame Kaulla.

Mit 21 Jahren wurde Karoline „Chaille“ Kaulla aus Hechingen jüdische Hoffaktorin des Fürsten von Fürstenberg. Der baute sein Schloss aus mitsamt Brauerei. Dafür brauchte er Geld. Das musste „Madame Kaulla“ besorgen. Sie tat es so erfolgreich, dass sie 1770 die Finanzministerin des Herzogtums Württemberg wurde. So konnte sich Carl Eugen die aufwendigste Hofhaltung Europas leisten und Ludwigsburg prachtvoll aufbauen.

Das sahen auch die Habsburger. Als sie gegen Napoleon in den Niederlanden eine Armee aufstellten, brauchten sie einen Finanzier dazu. Madame Kaulla wurde Heereslieferantin und besorgte alles. Sie wurde wohlhabend. Reich wurde sie durch die Koalitionskriege des europäischen Adels von 1792 bis 1815 gegen Napoleon.

Sie schuf die erste Privatbank Württembergs, König Friedrich I. stieg heimlich mit 50 Prozent Kapitalbeteiligung ein. Die Bank wickelte nicht nur die Privatgeschäfte des Stuttgarter Hofes ab, Madame Kaulla stellte als erste Schwäbin Darlehen für Unternehmensgründungen bereit.

Ihre Bank wurde später in „Königlich Württembergische Hofbank" umbenannt. 1924 wurde die Deutsche Bank daraus. Madame Kaulla förderte auch das gesellschaftliche Leben Württembergs. Sie gehörte 1807 zu den Gründerinnen der „Museumsgesellschaft" in Stuttgart. Daraus sind fast alle Theater und die Oper hervorgegangen.

Der kalifornische Rinderkönig

Heinrich Kreiser alias Henry Miller

Die einen tippten sich an die Stirn, die anderen lachten sich halbtot, wenn sie Henry Miller, der eigentlich Heinrich Kreiser hieß, in seinem Boot auf kalifornischen Wiesen sahen. Der Viehzüchter hatte sich ein Ruderboot auf einen Leiterwagen geschraubt und wurde von seinem Kutscher per Pferd über trockene Sumpfwiesen und Überschwemmungsgebiete gefahren. Anschließend fuhren sie zum Notar und kauften für einen Spottpreis dem Land Kalifornien die Wiesen und Wasserrechte ab.

Seit 1870 galt das Gesetz „Swamp and Overflow Act“: Nur wer mit einem Boot über Überschwemmungsgebiete gefahren ist, darf sie anschließend auch kaufen. Weil im Gesetz nichts davon stand, dass diese auch überschwemmt hätten sein müssen, hat das schwäbische Schlitzohr alles wörtlich genommen und wurde so zum größten Landbesitzer in Kalifornien.

Heinrich Kreiser wurde am 21. Juli 1827 in Brackenheim geboren. Seine von ihm geliebte Mutter starb früh, der Vater war wortkarg und sehr hart, die Stiefmutter mochte ihn nicht. „Nichts wie weg!“, war seine Devise und so wanderte er mit 15 Jahren aus. In England schlug er sich als Metzger durch und lernte Englisch. Seinen schwäbischen Akzent verlor er nie. Deshalb sprach er später immer nur das Notwendigste.

1847 landete er in New York, arbeitete bei einem englischen Metzger, der mit den Schlachtabfällen und Tierdärmen nichts anfangen konnte. Kreisler schwatzte sie ihm ab und verkaufte sie geputzt an deutsche Metzger. Die brauchten immer Därme für ihre beliebten Würste.

In dieser Zeit lernte er den Schuhverkäufer Henry Miller kennen. Beide waren gleich alt. Henry verbesserte sein Englisch. Zusammen hörten sie 1849 von den sagenhaften Goldfunden in Kalifornien und beschlossen, dort gemeinsam ihr Glück zu versuchen. Henry Miller hatte bereits eine Schiffsfahrkarte nach San Francisco über Panama. Der Kanal war noch nicht gebaut, also musste Lateinamerika an seiner schmalsten Stelle im tropischen Regenwald durchquert werden, um auf der Pazifikseite wieder ein Schiff nach Kalifornien zu besteigen. Aus einem bis heute unbekannten Grund konnte Henry Miller aber seine Fahrt nicht antreten und verkaufte das Ticket an Heinrich. Als der an Bord gehen wollte, entdeckte er, dass das Ticket nicht nur nicht zurückgegeben werden konnte, es war auch nicht übertragbar. So bestieg er als Henry Miller den Segler und behielt den Namen sein Leben lang bei.

In San Francisco war er so pleite, dass er sich keine Goldgräberausrüstung kaufen konnte. Er wurde wieder Metzger und entdeckte, dass man mit Fleisch mehr Geld verdienen konnte als mit Gold schürfen. Die mexikanischen Rinder in Kalifornien hatten aber kaum Fleisch auf den Rippen. Henry Miller überlegte sich eine Alternative. Als er hörte, dass aus Salt Lake City eine Rinderherde mit amerikanischen Kurzhorn-Rindern herangetrieben werden sollte, ritt er ihnen entgegen, und entdeckte dabei das San Joaquin Tal, dessen saftige Weiden ihm sofort auffielen. Bei den Cowboys angekommen, kaufte er ihnen die gesamte Herde ab und ließ sie nach San Francisco bringen. Alles fand seinen Abnehmer, das Fleisch war deutlich besser und er konnte gute Preise erzielen. Mit diesen 300 Tieren konnte er am Schluss einen Gewinn von 12.000 Dollar machen. Das war ein sensationeller Schnitt. Die Goldsucher hatten Hunger und Gold, und er hatte eine Herde, der noch viele andere folgen sollten. Herden aber brauchten Weiden. So kam er auf den Trick mit dem Ruderboot. Mit der Zeit wurde er so zum größten Farmer in Kalifornien und einer der reichsten Männer Amerikas.

Kalifornien mit Gold- und Silberrausch war ein Magnet für Menschen. Zunächst durchquerten Goldsucher die Ländereien, scherten sich nicht an den Zäunen, sondern brachen die Bretter raus, um Hütten und Lagerfeuer zu errichten. Rinder verschwanden.

Und wenn man sie zu sehr verfolgte, zündeten sie auch noch die Heuschuppen an, in denen sie zuvor übernachteten. Das Land war zu groß und zu weit, um alle überwachen zu können. Dann kamen die Siedler und taten es ihnen gleich. Ihnen folgten die Tramps. Sie fuhren als blinde Passagiere auf den Eisenbahnen mit, musizierten auf Hohner-Mundharmonikas und wurden wie die Goldsucher vor ihnen zu einer Landplage.

Die Rancher und Farmer hassten sie alle. Nur einer hatte eine Idee: Henry Miller. Nicht nur schaffte er die Bretterzäune ab (zu teuer) und führte den Stacheldraht ein. Er ordnete an, dass jeder Goldsucher, durchreisender Siedler oder Tramp auf jeder seiner Farmen jeden Tag ein warmes Essen frei hatte. Typisch Miller ordnete er allerdings auch an, dass sie kein frisches Geschirr bekamen. Auch zu teuer. Entweder hatten sie einen Blechnapf dabei oder sie bekamen einen ungespülten, benutzten Teller eines Angestellten von Miller, der schon vorher gegessen hatte. Teller wurden bei Miller nur einmal gespült. Die Route zwischen seinen Farmen hieß schon bald „Dirty Plate Road – DPR“ – Straße der dreckigen Teller. Aber Miller wurde fast kein Vieh gestohlen, die Gatter und Zäune nicht beschädigt und nachts die Scheunen nicht angezündet.

Er war ein harter Hund, sprach selten, war immer auf dem Pferd unterwegs und trug immer seinen alten Anzug. Einmal Schwabe – immer Schwabe. Unterwegs am Lagerfeuer erkannte man ihn an seinem schwäbischen Vesperbrettle, das er immer in der Satteltasche mit dabei hatte.

Doch kein Jüngstes Gericht

Johann Georg Rapp

Friedrich Engels war schwer beeindruckt. Während er noch mit seinem Freund Karl Marx zusammen an neuen sozialistischen Ideen arbeitete, musste er sich immer wieder den Vorwurf anhören, so etwas wie Gleichheit aller Menschen könne niemals funktionieren. Reine Utopie das Ganze. Da hörte und las er Berichte von einer Kolonie schwäbischer Siedler – „Economy" genannt – in den USA. Dort gäbe es Gleichheit aller, aufbauend auf Gütergemeinschaft. Niemand habe Privatbesitz, Geld gebe es auch keines und jeder bekäme das, was er zum Leben brauche. Selbst auf dem Friedhof gebe es keine Privatgräber. Ein Feld für alle. Für Engels war das „Kommunismus" und er verarbeitete das Gelesene später im gemeinsamen Aufruf mit Karl Marx: das kommunistische Manifest von 1848. Die Gütergemeinschaft gab es wirklich, die Gleichheit auch. Alle waren in „Economy" in Pennsylvania gleich – bis auf den Anführer: Johann Georg Rapp.

Es muss ein entsetzlicher Augenblick gewesen sein: Die Mitternachtstunde am 18. Juni 1836 zog näher schon, aber die Wiederkunft Jesu blieb aus. Hunderte von Familien hatten in Württemberg alles verkauft und waren an den am weitesten erreichbaren Punkt im Osten gezogen – in den Kaukasus, um ihrem Herrn so schnell so nahe wie möglich zu sein. Aber die Wiederkunft und das Jüngste Gericht blieben aus.

Auch in Württemberg hatten viele Anhänger von Johann Albrecht Bengel sich auf dessen Berechnung der Wiederkunft verlassen, alles verkauft, um nur mit der Kleidung auf dem Leib dem Herrn entgegenzutreten.

1731 hatte Bengel das Datum 18. Juni 1836 errechnet. Aber geschrieben, dass damit erst die ersten von zwei Millennien

(1000-jährige Reiche) anbrechen würden. Seine Anhänger haben diese zweitausend Jahre einfach gestrichen. Das Datum war somit in der Welt.

Johann Georg Rapp zog es in die andere Richtung – nach Westen. Am 1. November 1757 in Iptingen geboren, war der Leinenweber eine charismatische Führungsgestalt.

Das Datum 1836 kannte er natürlich auch. Ihn beschäftigte aber mehr die Frage: Wie als Frommer bis zu diesem Datum leben? Seine Antwort: mit einer klaren Trennung von den „Weltkindern". Das bedeutete Ablehnung der Obrigkeit, Verweigerung der Steuern, Verweigerung des Militärdienstes. Das brachte ihn ins Gefängnis und wegen des Urteils kam es zu Unruhen im Land.

1802 fuhr Rapp in die USA nach Pennsylvania. Kaufte Land und schrieb begeisterte Briefe in die Heimat. 1803 folgten ihm Hunderte auf drei Schiffen. Sie gründeten ihre erste Gemeinschaft „Harmony". Die Siedler zahlten all ihr Hab und Gut in die Gemeinschaft ein, Privatbesitz gab es keinen mehr, Geld auch nicht, denn jeder bekam zugeteilt, was er zum Leben brauchte, auch Tabak, Wein und Schnaps. Selbst auf dem Friedhof sah man keine privaten Gräber.

Für umgerechnet 200 000 Dollar kaufte Rapp das Land. Als er das Land 1815 an die Mennoniten verkaufte, bekam er 1,5 Millionen Dollar dafür. Clever wie Rapp war, hatte er das gekaufte Land allerdings nicht auf die Gemeinschaft im Grundbuch eintragen lassen, sondern auf seine Familie. Das fiel zunächst nicht auf, weil er mit dem Geld neues Land kaufte – für die neue Gemeinschaft „New Harmony" in Indiana. Diese wurde 1835 vom schottischen Atheisten Robert Owen für 3,5 Millionen Dollar gekauft – er wollte eine sozialistische Siedlung daraus machen. Die „Rappisten" zogen nach Pennsylvania zurück und bauten eine neue Siedlung „Economy" auf. Rapp war ein radikaler Pietist. In den USA wurde er noch radikaler: Er verbot den Sex! Kinder waren nun unerwünscht. Deshalb starb schließlich die Gemeinschaft aus.

Als 1903 die Siedlung „Economy“ wegen Kindermangel verkauft wurde, erlöste die Tochter von Rapp 66 Millionen Dollar.

Immerhin – wirtschaftlich lebte die Gemeinschaft besser als alle ihre Nachbarn. Die Schwaben führten Obst- und Weinbau in Pennsylvania ein. Sie brannten Schnaps und Whiskey. Schon bald wurde Rapp zum Whiskey-Heereslieferant der amerikanischen Armee. Die ersten Dampfmaschinen im Staat fauchten in seiner Siedlung. Die ersten mechanischen Dreschmaschinen und Garbenbinder gab es bei Rapp. Die Siedler bauten Heilpflanzen im großen Stil an und versorgten damit die USA. So gründeten sie die erste Baumschule und die erste Samenhandlung in den Staaten.

Friedrich Engels kam aus dem Staunen nicht mehr heraus, als er von den Rappisten erfuhr. Er las alles über die frommen Schwaben und beschrieb die Siedlungsgemeinschaft als „Kommunismus“. Er verarbeitete seine Erkenntnisse darüber zusammen mit Karl Marx zum „Kommunistischen Manifest“.

Mehr Weltkind geht nicht.

Vom Monokel zur Pilotenbrille

Johann Jakob Bausch

Der Holzdrechsler Johann Jakob Bausch war wieder einmal am Verzweifeln. Einen Moment beim Drechseln nicht aufgepasst, und zwei Finger fehlten. Als er dann aus seiner Mietskaserne in Rochester, USA, rausflog, weil er die Miete nicht mehr bezahlen konnte, entschloss er sich mit etwas anderem ganz neu anzufangen. Er wurde *der* Optiker Amerikas.

J. J. Bausch wurde am 25.7.1830 als sechstes von acht Kindern in Süßen bei Göppingen in großer Armut geboren. Damals waren Monokel in Deutschland groß in Mode. J. J. Bausch drechselte die Monokelfassungen aus Kuhhörnern. Dazu wurde dann ein passendes Brillenglas gesucht und so war man zugleich auch Optiker und hausierte mit einem Bauchladen. Der Kunde wählte das Monokel, mit dem er am besten sehen konnte.

Nach der gescheiterten Revolution 1849 wanderte Bausch nach New York aus. Seine Freundin aus Kindertagen in Süßen folgte ihm. Beide heirateten und waren nun gemeinsam arm. In Rochester arbeitete er als Drechsler und Optiker – genauso arm wie in Deutschland. Bis zu dem Unfall.

Der wichtigste Verein in Rochester war der Deutsche Turnverein. Bausch war dort aktives Mitglied. Der aus Kassel eingewanderte Henry Lomb ebenfalls. Der Verein gab ihm Geld, Lomb gab alles, was er hatte, mit dem Versprechen, dass er, wenn Bausch mal erfolgreich sein sollte, gleichberechtigter Partner werden würde. Bausch reichte ihm die Hand zum Handschlag. Der Vertrag ohne Brief und Siegel gilt bis heute.

Bauschs Idee war genau das Gegenteil der amerikanischen Wirklichkeit. Weg vom Bauchladen-, Hausiererhandel, rein in einen Laden.

Weg von den Monokeln, hin zu richtigen Brillen. Die Gläser bezog er von Carl Zeiss, der sich damit den Zugang zum amerikanischen Markt erhoffte.

Bausch, der nichts wegwerfen konnte und sich immer überlegte, wie er noch aus Resten etwas entwickeln könnte, fiel eines Tages ein dunkler, geformter Gegenstand auf der Straße auf. Es war vulkanisierter Gummi. Den konnte man in jede Form bringen, wie die Profile beim Autoreifen. Bausch hatte seinen Einfallsblitz. Er forschte nach dem Hersteller, erwarb eine Lizenz und baute nun leichte und sehr preiswerte Brillengestelle aus Gummi. Das war eine Weltrevolution. Seine Idee war, das führende deutsche Wissen in der Produktion optischer Linsen mit der amerikanischen Idee der Massenfertigung, Mechanisierung und Automatisierung zu verbinden. Lomb kehrte unversehrt aus dem Bürgerkrieg zurück. Die Firma „Bausch & Lomb“ entstand und eroberte den amerikanischen Markt. Der Handschlag bewährte sich.

Als Eastman Kodak 1988 seine erste Fotokamera auf den Markt brachte mit dem Slogan: „Sie drücken den Auslöser, wir erledigen den Rest", kamen Linse und Verschluss von Bausch & Lomb. Da die beiden Vorreiter der Automatisierung waren – ab 1870 wurden bei ihnen die Linsen von Automaten geschliffen – konnten sie auch günstige Mikroskope herstellen. Ihre Kameraverschlüsse waren so gut, dass die führenden deutschen Kamerahersteller der Kaiserzeit ihre Verschlüsse bei ihnen in den USA einkauften.

Bis zu seinem Tode 1926 lebte Johann Jakob Bausch bescheiden. Ganz im Gegenteil zu Frau und Kindern. Die verbrachten jedes Jahr mehrere Wochen in Baden-Baden. Bausch zahlte alles ohne Murren und blieb bei seinem Vesperbrett zuhause. Er hat noch mitbekommen, wie sein Sohn an etwas Neuem experimentierte: an einer Sonnenbrille für Piloten, die er „Ray Ban" nannte. Sein Enkel sollte einmal die ersten Kontaktlinsen der Welt aus Kunststoff herstellen.

Der Service-Pionier

Heinrich Lanz

Wenn eine Familie fünf Söhne hat, die alle im eigenen Betrieb unterzubringen sind, gibt es für den Aufmüpfigsten nur einen guten Rat: möglichst weit von der Familie weg. Genau das machte der 1838 in Friedrichshafen geborene Heinrich Lanz. Der Vater handelte im Bodenseeraum und war ein Patriarch. Sohn Heinrich entwich ins liberale Mannheim, lernte dort Kaufmann, arbeitete in Stuttgart und Marseille und stieg dann mit 21 Jahren ins Familiengeschäft in Mannheim ein. Eben so weit weg wie damals möglich. Die väterliche Spedition und Landhandlung unterhielt dort einen Handelsort für Guano-Dünger – also Vogelmist aus Chile. Der wurde in ganz Deutschland dringend gebraucht, um höhere Erträge in der Landwirtschaft zu erzielen.

In Mannheim lernte Lanz schnell, dass Deutschland nicht nur Dünger brauchte, sondern auch Maschinen für die Landwirtschaft. Die deutschen Produkte taugten nichts. Die Engländer führten extra ein Warnzeichen für deutschen Schrott ein: „Made in Germany“. Die besten und fortschrittlichsten Maschinen kamen damals aus England. Deshalb gründete Lanz nach Eintritt ins väterliche Geschäft 1859 ein eigenes „Unternehmen zur Verbreitung verbesserter landwirtschaftlicher Maschinen“. Lanz tat sich mit einem englischen Handelshaus zusammen und importierte Maschinen nach Deutschland – von Mannheim aus. Und Heinrich entwickelte etwas, was die Konkurrenz nicht hatte: Marketing und Service. Auch wenn es diese Wörter damals noch gar nicht gab.

Lanz verfasste persönlich Kataloge über seine Produkte. Diese Druckwerke enthielten zusätzlich die neuesten Marktzahlen aus Deutschland, Prognosen zu den Ernten, praktische Tipps für Hof, Felder, Tiere und Garten. Das gewollte Ergebnis: Die kostenlosen

Kataloge wurden nicht weggeworfen, sondern dienten immer wieder neu zur Lektüre. Kurz: Sie waren hilfreich, weil sie einen Mehrwert hatten. Außerdem führte Lanz seine Maschinen im ganzen Land vor. Er war so von seinen Produkten überzeugt, dass er sie öfter bei skeptischen, zögernden Bauern einfach für eine Saison zum Ausprobieren stehen ließ. Das sprach sich überall herum und die Maschinen wurden mehr und mehr gekauft. Bereits nach einem Jahr richtete er eine Reparaturwerkstatt ein. Er versprach den Bauern, dass er sie nicht im Stich lassen werde, wenn doch einmal etwas kaputtginge. So wurde aus dem Händler Lanz eine Marke.

Er begann eigene, bessere Maschinen herzustellen. Wo das nicht ging, importierte er weiterhin aus England. Sein Ruf wuchs mit der Qualität. So belieferte er bald Kunden in Österreich-Ungarn, Belgien, Holland, Frankreich und Russland. 1870 löste er sich vom väterlichen Unternehmen und firmierte selbstständig unter „Heinrich Lanz in Mannheim".

Mit seiner Frau Julia zusammen gründete er eine Stiftung, um seinen Beschäftigten und deren Familien im Krankheits- und Sterbefall und bei unverschuldeter Not zu helfen. Die Gehälter, Urlaubsregelungen, Kantinen und der Arbeitsschutz konnten sich für damalige Zeiten durchaus sehen lassen. Dennoch war es kein Zuckerschlecken, ein „Lanzer" zu sein. In seinen Büros gab es aus Prinzip nur Stehpulte, keine Schreibtische und Stühle. Diese würden nur die Faulheit unterstützen. Persönliche Gespräche am Arbeitsplatz waren verboten. Und es galt sein Grundsatz: „In meinem Unternehmen soll nie mehr als einer beieinanderstehen." Mehr als einen „Lanzer" an einem Platz durfte es nicht geben.

Schwäbischer Strompionier

Jakob Friedrich Schöllkopf

Wer in Buffalo 1881 etwas zu sagen hatte, war eingeladen. Darunter auch alle Mitglieder des Liederkranzes, dem wichtigsten deutschen Verein in der Stadt. Die Stadthalle war gefüllt mit Leuten, die sich darüber wunderten, dass in der Halle nur wenige Gaslaternen brannten. Aber das tat der Stimmung keinen Abbruch. Jakob Friedrich Schöllkopf, Lederwarenhändler und Besitzer zweier großer Mühlen, hatte geladen. Und da er auch im Vorstand zweier Banken saß, musste man natürlich der Einladung folgen, auch wenn man nicht so genau wusste, um was es ging. Schöllkopf hatte ganz allgemein eingeladen, war aber immer für eine Überraschung gut. Besonders für solche Überraschungen, mit der er der Konkurrenz immer einen Tick voraus war. Ein Klingeln ertönte und dann wurde es hell. Überall gingen Glühbirnen an – der Saal wurde elektrisch erleuchtet. Die Menschen kamen aus dem Staunen nicht mehr heraus. Für Buffalo und den Staat New York hatte ein neues Zeitalter begonnen.

Ein Raunen ging auch durch die Menschenmenge, als am 25. August 1891 bei der ersten internationalen elektrotechnischen Ausstellung auf dem Messegelände in Frankfurt am Main 1000 Glühbirnen zu leuchten begannen. So etwas gab es in Europa vorher noch nie zu sehen.

Den Strom dazu lieferte die Drehstromübertragung Lauffen-Frankfurt. Im Mühlkanal des Zementwerkes in Lauffen am Neckar drehte sich eine Turbine mit angeschlossenem Wechselstromgenerator. Von dort aus wurde der Strom über 176 Kilometer entlang des Neckars und der Eisenbahnlinien in der ersten europäischen Wechselstromfernleitung nach Frankfurt geleitet und kam dort ohne große Verluste (nach damaligen Maßstäben) an. Damit begann der Siegeszug des Wechselstromes in Europa.

1892 übernahm Heilbronn Kraftwerk und Stromleitungen und wurde zur ersten vollelektrischen Stadt Deutschlands.

Strom gab es schon vorher. Es war der Amerikaner Thomas Alpha Edison, der die Straßenlaternen in New York mit seinen 110-Volt-Bogenlampen mit Gleichstrom versorgte. Den konnte man damals aber nicht weit transportieren, weshalb er alle eineinhalb Kilometer ein Kraftwerk mit Dampfmaschine und Generator brauchte.

Sein erbitterter Konkurrent war George Westinghouse, Nachfahre von Einwanderern aus Westfalen. Er setzte auf Wechselstrom und war überzeugt, dass dieser auf weite Strecken hinweg zu transportieren sei. Aber ihm fehlte ein Kraftwerk.

Davon hörte Jakob Friedrich Schöllkopf, der 1819 in Kirchheim/Teck geboren wurde, als Sohn eines Gerbers. Mit 14 war die Volksschule beendet und die nächsten fünf Jahre arbeitete er in der Gerberei seines Vaters. Danach ging er nach Straßburg und machte dort eine kaufmännische Ausbildung bei Lederhändlern.

Straßburg war damals das europäische Zentrum des Lederhandels. Zugleich aber war Straßburg auch Sammelpunkt für die Auswanderer, die nicht die Rheinstrecke nahmen, um in die USA zu gelangen. Der Landweg zum Ausschiffungshafen Le Havre begann in Straßburg. Das muss Jakob Schöllkopf beeinflusst haben, denn als 1841 sein Bruder den väterlichen Betrieb übernahm, wanderte er in die USA aus, da er als Kaufmann keine Chancen in Württemberg für sich sah. König Wilhelm I. erlaubte erst 1861 Handels- und Gewerbefreiheit. Württemberg war also keine Option für den unternehmungslustigen jungen Schöllkopf. Im Januar 1842 kam er in New York an, fand für zwei Jahre Arbeit in einer Gerberei und verbesserte parallel dazu sein Englisch.

Nach dieser Zeit Jahren beschloss er nach Buffalo zu gehen. Vorher hatte er sich auf Reisen, die vermutlich sein Vater bezahlt hat, im damaligen Mittleren Westen umgesehen und Buffalo gezielt ausgesucht. Die Stadt am Eriekanal hatte damals 30.000 Einwohner, darunter sehr viele Deutsche. Hier wurden die Waren von Seeschiffen auf Binnenschiffe umgeladen, die Eisenbahn kam dazu, riesige Schlachthöfe entstanden. Buffalo wurde zur „Boom-City". Wo Viehtransporte auf viele Menschen treffen, gibt es Schlachthäuser. Und Häute. Und Bedarf nach Leder. Jakob Schöllkopf gründete eine Gerberei. Gerade die Gegend um den Eriesee war bekannt für seine Schafzucht und die nahen Wälder Pennsylvanias lieferten die Eichenrinde für die Gerberlohe. Jakob Schöllkopf hatte seine erste strategische Entscheidung getroffen und traf damit mitten ins Schwarze. So machte er hier sein Glück als Lederlieferant der Nordstaatenarmee.

Die Städte wuchsen schnell, die vielen kleinen Dorfmühlen konnten die Menschen nicht mehr ausreichend mit Mehl und damit Brot versorgen. Schöllkopf tat sich mit eingewanderten Müllern zusammen und schuf die erste industrielle Großmühle. Als es die ersten Turbinen gab, ersetzte er seine Mühlräder durch Turbinen. Hier hatte er seine nächste Geschäftsidee: Er setzte auf die Turbinenachse einen Generator und erzeugte Gleichstrom, den er dann bis maximal zwei Kilometer Reichweite an die Gemeinden für ihre Straßenlampen verkaufte. Mehr gab Edisons Erfindung nicht her.

Dann kam Westinghouse. Der wollte eine Fernleitung bauen und Buffalo elektrifizieren. Schöllkopf hatte seine nächste geniale Idee: Auf der amerikanischen Seite der Niagarafälle gab es einen Kanal, der viele kleine Mühlen versorgte. Als der Kanal versandete, gingen seine Betreiber bankrott. Schöllkopf kam zur Versteigerung der Wasserrechte und des Kanals, erklärte, dass er keine Lust zu einer Versteigerung in kleinen Schritten hätte. Diese sollte bei 5000 Dollar beginnen. Schöllkopf legte 71 000 Dollar bar auf den Tisch und kaufte alles auf einmal. Die Leute hielten ihn für einen Spinner. Neben den Niagarafällen baute er sein erstes Turbinenkraftwerk. Für Westinghouse produzierte er 1896 Drehstrom für die 40 Kilometer lange Leitung nach Buffalo, die er ebenfalls baute und betrieb. Buffalo wurde zum Vorbild der Elektrifizierung Amerikas und der Welt.

Edison hatte verloren. Er bekämpfte sein Leben lang den Wechselstrom mit allen dreckigen Tricks. Als Beweis dafür, dass Wechselstrom tödlich sei, gründete er eine kleine Firma, die den elektrischen Stuhl für Hinrichtungen herstellte. Das war und blieb Edisons einzige Wechselstrom-Anwendung.

Bevor Jakob Schöllkopf am 15.9.1899 in Buffalo starb, hatte er in seinen späteren Lebensjahren fast jedes Jahr Kirchheim/Teck besucht. Bei einem Besuch 1891 gründete er die "Schöllkopf-Vogelsche Stiftung" (Vogel war sein Cousin und Partner in der Gerberei-Branche). Die Stiftung sollte die Not „hier ansässiger würdiger Armen beiderlei Geschlechts, ohne Unterschied der Religionen" lindern. Er sorgte auch für kostenlose Krankenhausbesuche von Armen und Waisen. Er stiftete die Friedhofskapelle auf dem Alten Friedhof. Die Stiftung gibt es heute noch. Jedes Jahr überweist sie 10.000 Dollar an die Stadt Kirchheim/Teck und 50.000 Dollar an die Stadt Stuttgart.

Gesund, auch wenn es kratzt
Wilhelm Benger und Robert Vollmöller

Reformkleidung wurde aus Wolle gestrickt. Robert Bosch war ein großer Fan davon und trug nur diese Wollsachen. Der Erfinder und größte Propagandist dieser Kleidung war Gustav Jäger, im Kaiserreich nur „Woll-Jäger“ genannt, ein Pfarrerssohn aus Bürg (heute Neuenstadt a. K.). 1832 geboren, war er Stiftler in Tübingen, wurde allerdings nicht Pfarrer, sondern Zoologe. Als Privatdozent lebte er in Wien mehr schlecht als recht. Immerhin eröffnete er 1864 den ersten „biologischen Tiergarten“ im Wiener Prater. Er vertrat die These, dass im Menschen zwei entgegengesetzte Substanzen miteinander kämpfen: die gut-riechende Lust und die stinkenden Angststoffe. Diese müssten durch passende Kleidung in ein Gleichgewicht gebracht werden. Das könne nur Wolle leisten. Für Männer schlug er die zweireihige württembergische Uniform als idealen Schnitt vor – damit lief auch Robert Bosch täglich herum.

Oscar Wilde war von der Kleidung begeistert, ebenso George Bernhard Shaw. 1884 wurde in London ein Geschäft für „Jaeger-Gesundheitswaesche“ eröffnet. Der Polarforscher Fridtjof Nansen trug sie. Edmund Hillary bestieg damit den Mount Everest bei seiner Erstbesteigung. Für die Forscher kam nur die Edelausführung in Betracht: Merinowolle, Kamelhaar, Vikunja, Alpaka und Kaschmir. Der englische Hochadel trägt das bis heute.

In Deutschland erwarb zunächst die Stuttgarter Firma Wilhelm Benger Söhne die Lizenz zur Herstellung. Mit den Gewinnen ließ Wilhelm Benger in Uhlbach die Andreaskirche ausbauen – sehenswerter Historismus. Seine Frau Luise war eine Weingärtnertochter aus Uhlbach.

Der große Durchbruch kam, als Robert Vollmöller aus Stuttgart-Vaihingen die Lizenz erwarb. Dieser hatte 1881 mit Carl Behr zusammen eine Trikotwarenfabrik in Vaihingen gegründet. Im Jahr 1888 zahlte Vollmöller seinen Teilhaber aus und baute die Firma 1910 zum größten Trikotagen-Hersteller der Welt aus – mit 3000 Mitarbeitern. Seinen Freund Robert Bosch überzeugte er mit den Ideen von „Woll-Jäger".

Ohne seine geniale Frau Emilie, eine Schwäbin aus Balingen, wäre aus Vollmöller allerdings nichts geworden. Mit ihm hatte sie zehn Kinder und fand dennoch genügend Zeit, sich auch um die Arbeiterinnen und Arbeiter zu kümmern. Sie baute 1888 in Vaihingen das „Emilienheim" für unverheiratete Arbeiterinnen. Den „Filderhof" gab es für unverheiratete männliche Angestellte. Neben der Fabrik entstand eine Arbeiterwohnsiedlung mit 150 Wohnungen. Sie sorgte für einen Werksarzt, errichtete eine Kapelle auf dem Werksgelände und einen Lesesaal mit Bibliothek. Eine große Werksküche wurde gebaut. Das Essen war äußerst preiswert und wurde oft gelobt. Außerdem führte sie noch einen der bedeutendsten Salons in Württemberg. Hier trafen sich Literaten, Schauspieler, Maler und Politiker.

Zur Erholung bauten die beiden sich das Haus Lioba in Bad Liebenzell. Heute ist es das Missionshaus der Liebenzeller Mission. 1898 erwarben die beiden die Burg Hohenbeilstein und ließen sie wieder herrichten. 1906 erbauten sie sich unterhalb der Burg ein neues Wochenendhäusle – heute das Haus der Kinderkirche. Regelmäßig ließ sich Robert Bosch übers Wochenende mit seinem Maybach hierher chauffieren. Da saßen dann die alten Herren beim Rotwein in ihren kratzigen Reformkleidern und sinnierten über Gott und die Welt.

Das Käpsele und die Dietrich

Karl Gustav Vollmoeller

1908 stand er in allen Zeitungen der Welt: Karl Gustav Vollmoeller, Unternehmersohn aus Stuttgart-Vaihingen, wurde Dritter im ersten Autorennen einmal rund um die Welt. Die Rennwagen fuhren von New York nach Kalifornien, dann quer durch Russland nach St. Petersburg, von dort aus nach Berlin und Wien, um schließlich das Ziel in Paris zu erreichen. Er fuhr einen Wagen von „Züst" aus Mailand, gebaut von den Schweizer Brüdern „Züst".

Die haben schlicht den ersten Mercedes Simplex nachgebaut und zur Einfachheit die Karosserie vom Cannstatter Karosseriebauer Auer anfertigen lassen. Weil der auch für Maybach und Daimler arbeitete, sah er dem Mercedes sehr ähnlich. Unterscheiden konnte man ihn trotzdem: Italienische Rennwagen fuhren in Rot (Ferrari -Rot), französische in Blau, englische in Grün (das sogenannte „racing green") und die deutschen in Weiß. Der Züst 28/45 PS umrundete die Welt.

Vollmoeller hätte noch besser abgeschnitten, wäre er in Sibirien nicht falsch abgebogen, um nach vielen Tagen erst zu entdecken, dass es keine Straßen mehr gab und er zurück musste.

Karl Gustav Vollmoeller wurde 1878 in Vaihingen geboren (gestorben 1948 in Los Angeles, begraben in Stuttgart auf dem Pragfriedhof). Als Sohn des größten Trikotagen-Herstellers der Welt konnte er sich alles leisten – und alles ausprobieren. So entwickelte er mit seinem Bruder Hans ab 1904 Flugzeuge. Mit der „Vollmoeller IV" gelang der erste Langstreckenflug der Welt: vom Cannstatter Wasen an den Bodensee.

Doch Karl Gustav Vollmoeller hatte noch andere Talente. Studiert hatte er Altphilologie, Kunst und Malerei und machte sich einen ersten Namen bei archäologischen Ausgrabungen in Griechenland. Parallel dazu dichtete er und veröffentlichte unter anderem im satirischen Blatt der Kaiserzeit – dem Simplicissimus. Ab 1895 wurde er mit Stefan George bekannt und fand Aufnahme in dessen George-Kreis. Er war immerhin so erfolgreich, dass er dem großen Theatermann Max Reinhardt auffiel. Reinhardt inszenierte seine Werke.

Den internationalen Durchbruch erreichte er in London. Am 23. Dezember 1911 hatte in London sein Meisterstück „Das Mirakel/ The Miracle" Premiere. Inszeniert von Max Reinhardt. Das Stück wurde als Pantomime bezeichnet, ein Ausdruck der Vollmoeller überhaupt nicht gefiel. Für ihn war es eine Revolution im europäischen Theater. Er nahm dem Schauspieler die Sprache weg, überhöhte Gestik und Mimik und unterstützte dies alles durch Musik. Das war wirklich eine Revolution. Allerdings eine, die ankam. Zwischen 1911 und 1932 sahen Millionen Menschen das Stück. Die Musik stammte von Engelbert Humperdinck, Richard Strauss hatte vorher abgelehnt. Reinhardt und Vollmoeller machten das Stück international berühmt.

Im Ersten Weltkrieg wurde Vollmoeller Berater des württembergischen Königs Wilhelm II. Das Außenministerium in Berlin schickte ihn auf Reisen durch Europa. Durch solche Kontakte wurde er offiziell zum Diplomaten für einen möglichen Friedensvertrag. An Kontakten fehlte es ihm nicht, gründete er doch zusammen mit Robert Bosch bereits 1914 die „Deutsche Gesellschaft" – ein Verein, dessen Mitgliederliste sich wie das „Who is Who" der deutschen Gesellschaft las. Es war der einzige Club in Deutschland, in dem sich Unternehmer und Gewerkschaftler zum Austausch über die Zukunft trafen und sogar miteinander sprachen.

Da er nach dem Ersten Weltkrieg regelmäßig in Hollywood lebte, wurde er zum Förderer der dorthin ausgewanderten deutschen Regisseure. Er erkannte schon bald das Talent von Josephine Baker und anderen Afroamerikanerinnen. Da sie in den USA keinen Erfolg hatten, verschaffte er ihnen Auftritte und Einkommen in Europa. Auch in Babelsberg war er ständig unterwegs. Dort schrieb er das Drehbuch für den Film „Der blaue Engel“ und schlug die unbekannte Marlene Dietrich für die Hauptrolle vor. Sie wurde durch diesen Film zum Weltstar.

Mit den Nationalsozialisten hatte Vollmoeller nichts am Hut. Sie wollten ihn gern zum preußischen Kulturminister machen. Er lehnte ab und vermied es daraufhin, Deutschland zu besuchen. Der italienische Diktator Benito Mussolini beschlagnahmte seinen italienischen Besitz, eine Villa in Venedig, samt Bibliothek und Kunstsammlung. In den USA wurde er nach der deutschen Kriegserklärung interniert und sein dortiges Vermögen wurde eingefroren. Während dieser Zeit erkrankte er mehrmals schwer.

1948 verhandelte er in Los Angeles über die Verfilmung seiner Romane. Er starb in seinem Hotelzimmer. Klar, ihm standen als reicherem Unternehmersohn alle Türen der Welt offen. Aber offene Türen muss man auch durchschreiten können. Das konnte er und war auf vielen Gebieten ein echtes „Käpsele“.

Das frischeste Bier von Berlin

August und Carl Aschinger

Die Witwe Aschinger hatte in Oberderdingen acht Kinder durchzubringen. Täglich herrschte Hunger. Da zogen drei Brüder in der Gründerzeit 1880 nach Berlin. Die Stadt boomte. Zwei blieben zusammen: Carl, der Kellner, und August, der Koch. August heiratete 1888 Helene Neumann. Die brachte etwas Geld mit. August hatte immer Ideen. So gründete er 1892 in Kreuzberg eine Gaststätte namens „Bierquelle". Und war sofort das Tagesgespräch in der Stadt.

Es gab keine Stühle, gegessen wurde im Stehen. In einem prachtvoll dekorierten Saal, alles in Weiß, Tischdecken und Kristalllüster an der Decke. Also keine billige Kneipe. Aber Stehtische ohne Bedienung. Es war eine Sensation: Man musste sich das Essen selbst holen – vorbei ging es an einer Glastheke mit belegten Weckla, pardon: Schrippen. Vorbei an frisch gezapftem Bier, allerdings nur im Literglas, keine Krüge. Dann eine Kasse. Auf den Tischen ein Korb mit Schrippen. Daneben ein Glas Senf. Beides umsonst. Man konnte essen, soviel man wollte.

Das alles war neu und hatte es so noch nicht gegeben. Aschinger taufte die Theke „Kaltmamsell" und schuf ein neues Gericht: Hackepeter – ein Brötchen mit Hackfleisch und Zwiebeln belegt. Bald kam eine Warmtheke dazu. Für sie erfand er neue Gerichte: Erbsensuppe mit Speck, Eisbein mit Kartoffelpüree. Der Erfolg gab ihm recht. Schon bald entstanden überall seine „Bierquellen" in Berlin, im dritten Jahr musste seine Bäckerei und seine Metzgerei bereits 20 000 belegte Brötchen täglich bereitstellen.

Er hatte den Nerv der Zeit getroffen. Seine Angestellten mussten stets frische weiße Wäsche tragen, die vom Chef gestellt wurde. Dazu gründete er eine eigene Wäscherei. Eine eigene Brauerei hatte er schon neben Bäckerei und Metzgerei. Wenn ein frisches Fass Bier in seinen Stehbierhallen angestochen wurde, ertönte eine Glocke. Die Kenner wussten: Hier gibt es stets das frischeste Bier in Berlin. Berlin boomte als Industriestandort. Tausende Arbeiterinnen und Arbeiter zogen in die Stadt. Sie hausten erbärmlich in mehrfach belegten Zimmern und Mietskasernen. Kein Ort, sich zu treffen – außer bei Aschinger. Hinter seinen Stehbierhallen entstanden Tanzsäle für Tanzkapellen. Alles mit freiem Eintritt. Nur musste man immer erst durch die Bierquelle hindurch. Bier im Literglas war obligatorisch. Seine Hallen waren die „Dating-Portale" des Kaiserreiches.

Schon nach wenigen Jahren hatten August und Carl Aschinger ein Imperium von 23 Bierquellen, 15 Konditoreien und acht Restaurants. 1895 verkaufte er täglich 100 Kilogramm Lachs, 75 Kilogramm Tatar, 3500 Würstchen und 550 Kilogramm Kartoffelsalat. Im Jahr 1910 waren es bereits 20 000 Würstchen täglich, 500

Kilogramm Senf und 2,5 Tonnen Kartoffelsalat. Man hatte den Eindruck, ohne Aschinger würden die Berliner verhungern. Der Satz „Mal schnell bei Aschinger 'nen Happen essen" wurde zum geflügelten Wort.

Aber auch edlere Etablissements betrieb die Familie: Sie siedelten sich mit dem „Hotel Fürstenhof", dem „Palasthotel" und dem „Weinhaus Rheingold" am Pariser Platz an.

Was August Aschinger anfasste, wurde zu Gold. Nur an einem scheiterte er. Die Berliner mochten seine Saitenwürste mit schwäbischem Kartoffelsalat nicht. Es mussten Wiener Würstchen sein – und der Kartoffelsalat „oms Verrecka" mit Mayonnaise.

Aber es ist schon ein Witz der Geschichte, dass ausgerechnet in dem Stadtteil Kreuzberg, in dem es zum guten Ton gehört, an jeden Laternenmasten einen „Schwaben raus!" Sticker zu kleben, einst zwei Schwaben die Grundversorgung der Bevölkerung mit großem Erfolg sichergestellt haben. Und nicht nur dort.

Eigentlich sind die Schwaben in Berlin nur dorthin zurückgekehrt, wo sie schon einmal waren. Kein Witz: die älteste Besiedlung des Sandbodens Berlins waren Alamannen auf der Völkerwanderung. Die Alamannen oder Sueben siedelten einst zwischen Königsberg und St. Peterburg – in den Süden der Republik. Im Stadtteil Neukölln fand man die ältesten Siedlungsspuren Berlins: einen alamannisch-schwäbischen Friedhof. Damit ist Berlin eindeutig die älteste schwäbische Stadt. Auch wenn man heute vor lauter Hundedreck auf den Straßen nichts mehr davon merkt. Na ja, die Schwaben sind dann ja auch weiter gezogen.

Mit genialem Blick

Die Fotografin Johanna „Hansel" Mieth aus Fellbach

Ein Spitzenkoch kocht selbst mit einer verbeulten Pfanne noch ein geniales Gericht, einer Spitzenfotografin gelingen mit einer gebrauchten, ausgemusterten Kamera Spitzenbilder. Johanna „Hansel" Mieth aus Oppelsbohm bei Stuttgart hatte einen genialen Blick. „Um ein guter Fotograf zu sein, musst du fühlen, wie sich Menschen fühlen, wenn sie ganz unten sind", sagte sie.

Johanna Mieth war ganz unten. 1909 in einer sehr armen, sehr frommen Familie geboren, versuchte ihr Vater das wenige Geld, das sie hatten, mit Vermieten der eigenen Zimmer an Handwerkergesellen und Hausierer aufzubessern. Johanna wollte nur noch raus. Als die Familie 1920 nach Fellbach umzog, lernte sie Otto Hägele kennen, einen Uhrmacherlehrling. Nach der Schule arbeitete sie als Fabriknäherin. Beide bastelten sich ein Radio und über die Funkwellen lernten sie die Welt kennen. Sie kauften sich Fahrräder und fuhren 1927 sechs Monate lang durch Frankreich, Spanien und Italien. Bald darauf brachen sie zu einer Wanderung durch den Balkan auf und schafften es bis in die Türkei. Um keine Schwierigkeiten zu bekommen, zog sich Johanna wie ein Junge an und nannte sich „Hansel". Der Name blieb ihr ein Leben lang. Die Weltwirtschaftskrise 1928 brachte ihren Familien noch mehr Armut. Angewidert von Adolf Hitler, beschlossen beide, in die USA auszuwandern. 1928 heuerte Otto Hägele als Matrose auf einem Handelsschiff an und rannte in Boston vom Frachter. Er schlug sich an Land bis nach San Francisco durch und änderte seinen Namen in Hagel. Johanna folgte ihm 1930. Beide wurden Wanderarbeiter in der Großen Depression, fuhren als „blinde Passagiere" auf Güterzügen mit, schliefen und lebten im Zelt.

In ihrem Traumland Amerika waren sie ganz unten. Sie kauften sich eine gebrauchte, verbeulte Leica, nahmen sie zur Arbeit mit

und dokumentierten ihr Leben. Wenn sie ein bisschen Geld hatten, trampten sie nach San Francisco und entwickelten ihre Filme in den Labors ihrer Freunde. Johanna hatte den besonderen Fotografenblick. Ihre Bilder waren so ausdrucksstark, dass sie von Zeitungen abgelehnt wurden, weil sie „zu propagandistisch" seien. Hansel gab Armut und Ausbeutung ein Gesicht.

1934 schaffte „Hansel" Mieth den Durchbruch und wurde bekannt in der Fotografenszene. Das Magazin „Time" druckte ihre Reportagen und Bilder der Wanderarbeiter ab. 1937 stellt das Magazin „Life" sie als zweite Fotografin überhaupt fest an. Nun hatte sie zwar zum ersten Mal in ihrem Leben ein Auskommen, wurde aber nicht glücklich. Denn die Redaktion gängelte sie - Mieths Bilder waren ihr zu heftig, zu emotional, zu direkt. 1943 etwa dokumentierte sie das Leben der internierten Japaner so hautnah, dass die Bilder erst 1995 veröffentlicht wurden.

Mieth und Hagel wurden amerikanische Staatsbürger und dennoch für Sympathisanten der Nazis gehalten. Ihre Kameras wurden beschlagnahmt. Sie kauften sich mit ihrem Restgeld eine kleine Farm und wurden Selbstversorger. Da beide sich weigerten, vor dem „Komitee für unamerikanische Umtriebe" zu erscheinen, wurden ihre Fotos nicht mehr gedruckt.

Hagel starb 1973, Hansel Mieth 1998. 1948 konnten sie noch einmal eine Fotoreportage für „Life" erstellen: „We return to Fellbach" erschien 1950 und zeigte den Amerikanern nach dem Krieg zum ersten Mal, wie man in Deutschland in den Ruinen lebte. Auch diese Fotos waren heftig, hautnah und emotional.

Das Lagerbier der ältesten Brauerei Amerikas

David Gottlob Jüngling

Die Bergleute aus dem Kohlerevier Pottsville in Pennsylvania hatten nach der Schicht im Schacht großen Durst. Den bekämpften sie wie die deutschen Kohlekumpels mit Bier – besonders mit dem hellen Lager aus Pottsville. Es hatte weniger Alkohol und dafür richtige Kohlensäure, also ganz anders als das importierte Ale und Porter und mit diesem Bier nach Pilsener Brauart spülten sie den Kohlestaub hinunter. Dieses Lager gibt es heute noch – aus der ältesten Brauerei der USA: Yuengling.

David Gottlob Jüngling wurde am 2. März 1808 in Aldingen (heute ein Stadtteil von Remseck) geboren. Sein Vater, eigentlich Metzger von Beruf, betrieb dort eine kleine Brauerei im „Neuen Schloss", das ihm zu einem Viertel gehörte. Sein ältester Sohn Jakob und sein zweitältester Sohn David mussten selbstverständlich im Betrieb mithelfen. So lernten sie das Bierbrauen.

Das war gar nicht so einfach. Denn man braute nur verschiedene Sorten von Braunbier. Alles obergärige Biere, in denen die Hefen an der Oberfläche schwammen und arbeiteten. Untergärige Biere wie Pils und Lager - das waren helle Biere – waren unbekannt. Erst in Pilsen wurde durch Zufall eine Hefe entdeckt, die unten im Gärbottich schwamm und arbeitete. So wurde in Pilsen das Pils erfunden. Bier war damals ein extrem verderbliches Lebensmittel. Pasteurisierung war unbekannt, Kühlung nur mit Eis aus den Seen möglich. War das Eis aufgebraucht, kippte das Bier. So konnte man nur bis in den März hinein brauen, dann wurde es zu warm. In diesem Monat braute man ein besonders würziges Bier, um es ein bisschen länger haltbar zu machen – so entstand das „Märzen". Dann war in der Regel bis September kein Brauen mehr möglich. Erst ab Oktober, wenn die Nächte kälter wurden, war das Brauen wieder möglich.

Das alles lernten die Burschen. Der Vater bestimmte Jakob zu seinen Erben. Er bekam die Brauerei und David musste sich überlegen, was er in Zukunft unternehmen wollte. Die wirtschaftliche Entwicklung in Württemberg, ein reines Agrarland damals, war schlecht. In jedem Ort gab es eine Brauerei. Was also tun? Mit 21 Jahren entschloss sich David auszuwandern. Über Rotterdam kam er 1829 in Pennsylvania an.

Es zog ihn in das östliche Pennsylvania nach Pottsville, einem kleinen deutschen Dorf, in dem es drei Kneipen gab. 1806 wurde dort am Schuykill River hochwertige Steinkohle entdeckt und Pottsville gegründet. Pottsville war ein Bergarbeiternest, das explosionsartig wuchs, weil die Nachfrage nach hochwertiger Steinkohle in die Höhe schoss. Es gab in Pottsville eine Quelle mit fantastischem Brauwasser. David Gottlieb Jüngling, der sich ab sofort David G. Yuengling nannte, sicherte sich die Rechte an der Quelle und baute eine kleine Brauerei – die Eagle Brewery. Pottsville wuchs, gab es 1829 drei Kneipen, waren es 1832 schon 25.

Zunächst mal hieß das: Arbeit, Arbeit, Arbeit. Yuengling war alleine. Arbeiter konnte er sich noch nicht leisten. Das Malz ließ er sich zwar aus dem 90 Meilen entfernten Philadelphia liefern – auf Pferdefuhrwerken, denn es gab auch noch keine Eisenbahn. Aber alles andere machte er selbst. Auch den Verkauf. Und da musste er sehr schnell sein, denn das Bier war ohne Kühlung nicht lange haltbar. Tagsüber braute er. Nebenbei verkaufte er sein Bier über die Straße hinweg glasweise. Abends machte er mit seiner Sackkarre die Kneipentour.

Nach drei Jahren brannte seine Brauerei vollständig kurz vor Ende der Brauzeit im März ab. Er stand vor rauchenden Trümmern, war ruiniert. Da sein Bier aber bereits berühmt war, bekam er schnell einen Kredit, konnte an anderer Stelle wieder bauen und zu Beginn der neuen Brauzeit im Oktober stand auch die neue Brauerei. In der Zwischenzeit hatte er mit Bergarbeitern gesprochen und sie dazu gebracht, in ihrer freien Zeit für ihn zu arbeiten. Hinter der neuen Brauerei ließ er tiefe Stollen in den Berg treiben.

Dort reifte sein Bier im Winter problemlos, ab dem März mit dem Eis aus den Seen. Er konnte nun kühlen und damit über das ganze Jahr Bier verkaufen. Ab 1842 gab es eine Eisenbahn. Sie brachte nicht nur Malz zu ihm, sondern auch sein Bier in andere Städte. Die Brauerei wuchs. Da die Eisenbahnen in den 1850er und 1860er Jahren einen Boom erlebten, konnte er sich ebenfalls mit seinem Bier daran beteiligen. Seine Absatzgebiete dehnten sich aus. Seine Idee: eigene Eisbahnwaggons mit doppelten Wänden. Dazwischen dann seine Eisblöcke aus seinen Stollen, so konnte er sein Bier so weit mit der Eisenbahn transportieren, wie dass Eis zwischen den Wänden hielt. So baute er seinen Markt und seine Marke aus.

1841 heiratete der David Yuengling die 17jährige Elisabeth Betz aus der Nachbarstadt Schuykill Haven. Witz der Geschichte: Elisabeth war in Stuttgart geboren, nur wenige Kilometer Entfernung von Aldingen, und als kleines Mädchen mit ihren Eltern ausgewandert. Zusammen hatten sie fünf Kinder. Alle drei Söhne weihte er in die Geheimnisse der Braukunst ein.

1830 machten drei andere Brauereien in Pottsville auf. Schon früh experimentierte Yuengling mit dem Biertyp „Lager“, den es in den USA noch gar nicht gab. Der Grund war, dass die untergärigen Hefen den langen Seeweg nicht überstanden. Erst als es mit den Dampfschiffen schneller ging als mit den Segelschiffen, kamen diese Hefen in die USA. Yuengling war einer der ersten, der sie bezog. Bis dahin wandte er an, was er vom Hörensagen kannte. Mit seinen Experimenten gewann er einen Vorsprung. Wichtiger aber war, dass er seine Söhne in die Brauereien Deutschlands, Englands und Osterreichs schickte, um Praktika zu machen. Pilsen gehörte zur K.u.K. Monarchie. Die Wiener wussten schon bald, was die Pilsener anders machten. Die Radeberger auch. Die Sachsen waren die ersten in Deutschland, die Pils nach Pilsener Erkenntnissen brauten. Aber schon bald kamen die ersten untergärigen Hefen nach den USA. Und als einer der Ersten in den USA kannte er sich auch mit Hopfen aus.

Im September 1877 arbeitete er mit seinen 70 Jahren noch den ganzen Tag in der Brauerei. Eines Abends stürzte er die Treppe seines Hauses hinunter. An den Folgen des Sturzes starb er am 27. September 1877.

Heute wird seine Brauerei, sie ist die sechsgrößte in den USA und beliefert den gesamten Osten der USA, von seinem Nachfahren geleitet. Der hat fünf Töchter, alle in der Brauerei tätig. Er wurde oft gefragt, wie es denn weitergehen wird mit der Brauerei. „Ich habe nirgends auf der Welt gelesen, dass Frauen nicht eine Brauerei führen können“, soll seine regelmäßige Antwort gewesen sein.

Erfolgreichster Eisweinproduzent der Welt

Herbert Konzelmann

Pfirsichbäume, soweit das Auge reicht! 40 Hektar haben sich Gudrun und Herbert Konzelmann aus Stuttgart Uhlbach 1984 in Niagra-on-the-Lake – von den Einheimischen nur NOTL genannt – gekauft. Aus den Schwaben waren Kanadier geworden, am Ufer des Ontario Sees gegenüber von Toronto ließen sie sich nieder.

Herbert Konzelmann wurde 1938 in Uhlbach geboren (†2021). Er stammt aus einer Wengerterfamilie und wollte unbedingt selbst ein eigenes Weingut aufbauen. Aber dafür reichten die eigenen Weinberge in Uhlbach nicht und niemand wollte ihm zusätzliche Weinberge verkaufen. Als er 1981 Vancouver besuchte, war er verblüfft dort Weinbau zu finden. Er besuchte auch den Osten, traf dort auf den aus Österreich stammenden Weinpionier Karl Kaiser, der 1975 die erste Lizenz für Weinbau in Kanada erworben hatte. Der zeigte ihm NOTL und Konzelmann fing Feuer. Denn er begriff, dass vom See her immer Winde wehten, die Schädlinge fernhielten. Im Herbst war der See außerdem immer aufgewärmt, erzeugte mehr Nebel als der Bodensee und schützte so alle Früchte. Deshalb war NOTL das kanadische Pfirsichparadies. Die Erde ist äußerst fruchtbar, denn sie ist erst seit 150 Jahren bearbeitet. In Europa sind die Äcker seit 800 Jahren ständig unter dem Pflug.

Konzelmann hatte bei seinem Kauf einen Hintergedanken. Schon sein Großvater pflanzte an der wärmsten und sonnendurchflutesten Stelle im Wengert immer Pfirsichbäume. Also drehte Konzelmann den Spieß um, riss fast alle Pfirsichbäume raus und pflanzte schädlingsresistente amerikanische Weinsorten, auf die er Spätburgunder, Riesling, Müller-Thurgau und Merlot aus der alten Heimat aufpfropfte. Von den Nachbarn verlacht, hatte NOTL sein erstes Weingut. Ein paar Pfirsichbäume

behielt er und machte aus den den Früchten Pfirsichwein. Heute ist auch der ein Renner in kanadischen Sternerestaurants. Sein Weingut wurde mit der Zeit zur Nummer Eins der kanadischen Weingüter, seine Weine werden heute zu den führenden 100 Weinen der Welt gezählt.

Noch etwas ist Konzelmann aufgefallen. Wenn die Nebel sich verzogen haben, kam der Winter. Der brachte garantiert minus 15 Grad Celsius. Jede Nacht. Eiswein kann bei uns hier immer seltener geerntet werden. Denn er braucht zur Ernte mindestens acht Grad minus, über Stunden konstant. Dann bleibt das Wasser in der Traube auch noch in der Presse gefroren und nur flüssiger Traubenzucker tropft als Essenz ins Fass. Diese Minusgrade hatte Konzelmann garantiert jeden Winter. Er wurde zum größten Eisweinproduzenten der Welt.

Auch nach seinem Tod lebt seine Konzelmann Estate Winery in Familienhänden weiter. Aber auch sein Talent. Sein Enkel Fabian

Reis machte seine Ausbildung in Weinsberg und gründete in Ontario ein eigenes Weingut: „Ferox". Gut lateinisch steht das für „wild" und „unbändig".

Herbert Konzelmann ist sein Erfolg nicht zu Kopf gestiegen. Er bildete aus, empfing gern Besucher, half den Nachbarn aus und gab seine Tipps an junge Wengerter weiter, die sich am kanadischen „Weinwunder" beteiligen wollten. Er sprach dabei in einem kernigen Gemisch aus Schwäbisch und Englisch. Mir hat der Meister des Eisweins bei einem Heimatbesuch in Uhlbach einmal erzählt, dass er sich am liebsten in seiner Wohnküche aufhalten würde. Mit seinem Vesperbrett auf dem Tisch.

Die Verfechterin der Reformation

Anna von Lodron

Auch dieses Buch mangelt daran, dass meist nur Männer dargestellt werden. Gibt es denn keine knitze Frauen, welche die Welt bewegten? Knitze Schwäbinnen gibt es bis heute, nur konnten sie früher die Welt nicht bewegen. Sie hatten nämlich einfach nichts zu sagen – jedenfalls nicht im öffentlichen, weltlichen und kirchlichen Raum. Bis ins 19. Jahrhundert hinein waren sie rechtlos. Ihre Unterschrift war nichts wert. Sie waren komplett und immer von den Männern abhängig.

Erst bestimmten die Väter über sie, dann die Ehemänner. Gab es keine mehr, bekamen sie einen Vormund. Frauen, die sich dem entzogen und „vom eigenen Brot" leben wollten, sprich selbstbestimmt sein, wurden als „Eigenbrötlerinnen" scheel angesehen und vom Gemeinderat immer wieder genötigt, doch einen Witwer zu heiraten.

Von der Bildung waren sie oft ausgeschlossen, in Württemberg reichte es zwar bis zur allgemeinen Volksschule – ein Ergebnis der Reformation – doch mussten die Väter immer wieder, teils durch horrende Strafen, dazu angehalten werden, ihre Mädchen auch in die Schule zu schicken, zumindest im Winterhalbjahr. Für Haus und Hof hatten die Frauen zu sorgen, abends wurde geflickt und gestopft. Keine Frau hatte Zeit bei einem Kienspan zu schreiben, – wenn man etwas Geld hatte, reichte es sogar zu einer Kerze – oder gar Korrespondenz zu führen. Und wenn es doch Briefe gab, haben die Erben sie in der Regel als wertloses Zeug verbrannt. Noch bis in die 1950er Jahre hinein konnte eine Frau in Deutschland weder ein Konto ohne Einwilligung ihres Mannes eröffnen, noch einen Beruf ergreifen.

Deshalb haben wir historische Zeugnisse von Frauen nur, wenn sie angeklagt wurden oder Streit mit der Obrigkeit hatten. Denn dann gab es Bürokratie und Bürokratie liebt schriftliche Vorgänge, die man archivieren kann. Das sind heute unsere einzigen Quellen.

So war es auch bei Anna von Lodron. Eigentlich war sie Italienerin. Aus Italien ausgewandert und hier eingewandert. Aber weil man nicht Schwabe von Geburt ist, sondern durch Haltung, bekommt sie hier ihre Würdigung. Als Vorbild für die vielen Schwaben heute, deren Geburtsort eigentlich wo anders liegt, aber die hier in Schwaben manchmal schwäbischer als die Schwaben selber sind.

Ihre schwäbische Geschichte beginnt mit ihrer Heirat am 11.9.1519 mit dem schwäbischen Landsknechtführer Georg von Frundsberg aus Mindelheim. Der war aus heutiger Sicht ein Warlord, der sich und seine Soldaten als Söldner verkaufte. Frundsberg verkaufte sich und seine Leute aber immer nur an einen Kunden – den Kaiser. Für den zog er sein Leben lang in jeden Krieg. Georg von Frundsberg, der von seinen Soldaten liebevoll den Titel „Vater der Landsknechte" bekam, war der Erfinder der Uniform. Er brachte seinen Leuten nicht nur einigermaßen Ordnung und Disziplin bei. Er ließ seine Soldaten nicht als zügellosen Haufen ins Gefecht stürmen, sondern in gemeinsamer Schlachtordnung. Er führte den militärischen Gruß ein – wer seine Hand an den Kopf mit der Innenfläche zum Gruß nach außen erhob, zeigte damit gleichzeitig, dass er keinen Dolch in der Hand führte. Seine Truppen trugen einheitliche Farben, keine Lumpen, sondern geschlitzte Gewänder. Später übernahm das Michelangelo im Auftrag des Papstes, als er die Schweizer Garde des Papstes neu einkleiden sollte. Die Schweizer Garde trägt diese Uniform bis heute. Das war damals das erste und einzige Mal, dass aus Deutschland eine internationale Mode entstand.

Für den Kaiser führte Frundsberg mehrere Kriege gegen die Republik Venedig. An seiner Seite kämpfte Georg Ludwig von Lodron, ein Adeliger aus dem Trentino, Annas Bruder.

Als Georg von Frundsbergs erste Frau starb und er mehr als ein Jahr schon Witwer war, heiratete er Anna von Lodron. Ob sie gefragt wurde ? Wir wissen es nicht. Sie sah gut aus, war intelligent, sprach mehrere Sprachen. Die Heirat mit Frundsberg war ein sozialer Abstieg. Aus dem Hochadel Trentinos kommend, aufgewachsen in einem Palast in Trient, war Mindelheim mit seiner Ritterburg und als Söldnerführer ein Kulturschock. Vermutlich hatte sie keine andere Wahl.

Sie übernahm die Mutterschaft von sieben Kindern, die bereits da waren, selber gebar sie drei Kinder, die allerdings alle schon früh verstarben. Der Kaiser machte ein standesgemäßes Hochzeitsgeschenk, konnte es jedoch nicht bezahlen, die Augsburger Fugger mussten einspringen und ließen sich dafür noch ein paar Silberminenrechte im gerade entdeckten Amerika übertragen.

Georg von Frundsberg war in der Regel im Ausland. Der Kaiser führte ständig Krieg – Frundsberg befehligte die kaiserlichen Truppen und unterhielt ein eigenes Söldnerheer zusätzlich. Allerdings zahlte der Kaiser den ausgemachten Sold nicht. So blieben die Truppen ohne Geld. Mehr als einmal bezahlte Frundsberg wenigstens sein eigenes Heer aus seiner Tasche. Das Geld musste Anna von daheim besorgen und erwirtschaften. Kurz: Ohne Anna zuhause konnte Georg draußen nichts erreichen. So verpfändete sie mehr als einmal die kaiserlichen Hochzeitsgeschenke. Denn wenn die Söldner kein Geld bekamen, machten sie sich selbständig und zogen mordend, plündernd und vergewaltigend durch die Lande. Wer sich wehrte, dem setzten sie „den roten Hahn aufs Dach" – sprich: zündenden alles an und hinterließen zusätzlich noch verbrannte Erde.

Am schlimmsten war das 1527. Georg von Frundsberg befehligte die kaiserliche Armee – 24.000 Mann unter Waffen – in Italien. Schon ein Jahr lang hatte der Kaiser keinen Sold mehr bezahlt. Als es endlich zum Frieden kam, verdammte der Papst den gegnerischen Anführer. Damit war seine Unterschrift unter dem Friedensvertrag nichts mehr wert. Kein Frieden, keine Auflösung der Heere. Aber auch keinen kaiserlichen Sold. Denn der Kaiser war mal wieder pleite.

Da waren die Söldner nicht mehr zu halten. Sie zogen nach Rom und begannen die Stadt einzunehmen und zu plündern. Die Schweizer Garde schützte mit 147 Mann die Flucht des Papstes in die Engelsburg. Alle 147 Schweizer Gardisten wurden im Kampf getötet. Der Papst erreichte mit knapper Not die Engelsburg, war darin eingeschlossen und wurde so zum Gefangenen von Kaiser Karl V., der ihn nur freiließ, nachdem der Papst versprach ihn zum Kaiser zu krönen. So wurde Karl V. zum Kaiser in Deutschland. Die Söldner wüteten in der Stadt – die Plünderung Roms ging in die Weltgeschichte ein – der „Sacco di Roma" wurde weltbekannt. 80 Prozent der römischen Kunstschätze holten sich die Soldaten. Die herrschenden Häuser Europas waren auf lange Zeit geschockt. Die Schweizer Garde vereidigt bis heute ihre neuen

Rekruten im Vatikan jedes Jahr am 6. Mai. Genau an diesen Tag fiel 1527 die gesamte Schweizer Garde den Schwaben zum Opfer. Daheim verwaltete Anna die Besitztümer, stritt sich mit Kirche und Magistrat der Stadt, versorgte die Kinder und war Herrin auf der Burg und dem gesamten Besitz. Ihren Besitz hatte sie auch noch in Tirol. Bei ihrer Heimat brachte sie den in die Ehe mit ein und verwaltete ihn seither selber. Unter den Bedingungen des 16. Jahrhunderts war sie eine sehr selbstbewusst herrschende Frau. Ähnlich wie Katharina von Bora – die „Lutherin" von Wittenberg. Sie baute in der Mindelheimer Burg eine reiche Bibliothek auf. Alle Schriften Luthers, Melanchtons und Zwinglis erwarb und las sie. Den Allgäuer Reformator Johannes Wanner lud sie ein, in der Pfarrkirche zu Mindelheim während der Fastenzeit 1526 wochenlang täglich zu predigen. Da Frundsberg dort das Patronatsrecht hatte, also das Recht den Pfarrer einzusetzen und zu bezahlen, er aber in Italien war, bestimmte Anna das eben allein. Die evangelischen Predigten schlugen ein wie Blitz und Donner. Die Obrigkeit wurde aktiv. Nun kam die Bürokratie ins Spiel, sprich die oben erwähnten Akten. Anna lud Wanner auch auf die Burg ein, selbst dann, als Georg zufällig mal wieder zuhause war. Der diskutierte gerne mit und ließ seine Frau gewähren, zog sich aber immer auf seinen Eid, dem katholischen Kaiser gegeben, zurück.

Egal ob Lutheraner, Zwinglianer oder Schwärmer und Täufer – also der linke Teil der Reformation – alle bekamen Zugang zur Burg. Anna redete mit allen. Sie war neugierig und wollte sich immer eine eigene Sicht der Dinge bewahren – und dazu gehörte eben, alles aus erster Quelle zu erfahren. Als es im Deutschen Reich üblich wurde, die Täufer und Schwärmer zu verfolgen und ihnen gar nach dem Leben zu trachten – auf Burg Mildenberg fanden sie Ruhe und Asyl. Hier wurden sie nicht verfolgt.

Auch nicht auf den privaten Gütern in Tirol. Natürlich waren diese Zustände dem nachbarlichen erzkatholischen habsburgischen Innsbruck bekannt. Anna bekam Post aus Österreich. Mit Untersagungen und Drohungen. Das ließ sie kalt. Als ab 1528 den Täufern die Todesstrafe drohte, ließ Anna sie in ihren Gebieten wohnen.

Als es schließlich wegen den Täufern ganz eng wurde, griff sie zu einer Schwabenlist. Sie stellte ihr Licht unter den Scheffel - wurde also „helenga", wie das die Schwaben nennen. „Helenga" steht für heimlich und geheimnisvoll zugleich. Sie schrieb an die hohen Habsburger, dass sie sich bemühen werde. Aber dass sie nur eine Frau sei, einen abwesenden oder nach einem Schlaganfall darniederliegenden Ehemann alleine zu versorgen hätte, viele Kinder und Gesinde zu versorgen wären, Hab und Gut nur durch sie, eine schwache Frau, zu versorgen wäre, und dass sie sich, sobald sie Zeit hätte, selbstverständlich um der Sache im notwendigen Gehorsam annehmen würde. Bis dahin, würde sie natürlich alles in ihrer Macht stehende tun, aber wer würde schon einer Frau folgen … und so weiter…. und so weiter.

Diese Briefe wirkten jedes Mal. 1527 hatte Georg von Frundsberg einen Schlaganfall erlitten, als er seine Truppen vor dem „Sacco di Roma" in letzter Minute noch aufhalten wollte. Sie gehorchten ihm nicht mehr. Zurückgebracht nach Mindelheim wurde er von Anna bis zu seinem Tode 1529 gepflegt. Auch deshalb waren ihre Briefe glaubhaft, kannten die katholischen Bayern und Habsburger doch die Verdienste „ihres" Truppenführers Georg von Frundsberg. Anna nutzte das aus, schrieb tapfer Briefe, blieb ihren Überzeugungen treu und machte weiter wie bisher.

1533 heiratete sie Erasmus Schenk von Limpurg, der auf der Comburg nahe Schwäbisch Hall residierte. Beide trieben sie nun die Reformation im Comburger Land und in Schwäbisch Hall voran. Auch hier herrschte die katholische Kirche in der Nachbarschaft, auch hier gab es Täufer, die auf der Comburg Schutz suchten. Es war höchste Diplomatie angesagt. Beide beherrschten sie.

Anna starb 1553 auf der Comburg. Ihr Grabstein ist erhalten geblieben.

Schwabe und Schwäbin ist man eigentlich nicht durch Geburt, sondern durch Haltung. Meine italienisch-iranischen Nachbarn beweisen mir diese These jeden Tag. Anna von Lodron war auch so eine Schwäbin. Mit Entschlossenheit, List und Tücke – eben auch „helenga" – hat sie sich durchgesetzt. Chapeau! Hut ab!

Aber wir wissen eigentlich nur von ihr, weil die Behörden, mit denen sie sich anlegte, die Akten aufbewahrt haben.

Eine Schwäbin kleidet die USA

Wilhelmine Friederike Schmidt-Moscherosch

Um 1900 kannten die Kindermädchen Chicagos nur ein Ziel, wenn sie mit den ihnen anvertrauten Kindern einen Ausflug machen durften: die vielen Schaufenster von Mina Schmidt-Moscherosch. Denn in jedem Schaufenster fand sich eine Szene aus erst deutschen, dann europäischen Märchen. Vorne standen Puppen in Kostümen, dahinter die Kostüme zum Ausleihen oder Kaufen für die Erwachsenen. Wer den Schluss des Märchens sehen wollte, musste in den Laden gehen. In der Ladenmitte war die Endszene des Märchens aufgebaut. Jedes Kind bekam eine kostenlose Limonade. Die Sindelfingerin Mina wollte das so: „Das sind alles meine Kunden von morgen! Und sie sollen spüren, dass sie bei mir jetzt schon willkommen sind!“

Wilhelmine Friederike (Mina) Moscherosch wurde am 17.März 1868 in Sindelfingen als erstes von 15 Kindern geboren. Ihre Eltern waren Weber, also arm. Freizeit gab es keine, die Webstühle standen auch daheim in Keller und Wohnstube. Mina ging in den evangelischen Kindergarten und brachte von dort ihr Lieblingsmärchen „Der Wolf und die sieben Geißlein“ mit nach Hause. Sie wollte unbedingt aus Stoffresten ein Geißlein haben. Ihre Oma zeigte es ihr und nach und nach kam das ganze Märchen mit den Figuren zusammen. Mina hatte geschickte Hände und Feuer gefangen.

Nach der Konfirmation ging es „ens Deana“ – sie wurde Dienst- und Kindermädchen. Erst in Stuttgart, dann in Tübingen. Dort verliebte sie sich in den Maurerlehrling Julius Schmidt. In Stuttgart hatte sie in der Katharinenpflege abends und sonntags Nähen gelernt und machte bei einem Laientheater mit. Nach Tübingen ging sie zwei Jahre später nach Frankfurt in Stellung und las dort eines Abends eine Anzeige aus Chicago in der Frankfurter Zeitung: Kindermädchen bei einer deutschen Familie in Chicago gesucht. Sie holte tief Luft, zählte ihre Ersparnisse zusammen – es reichte gerade für die Hinfahrt – bewarb sich und bekam die Stelle.

Die deutschen Auswanderer in Chicago waren theaterbesessen. Unzählige Laienspielgruppen traten auf und suchten händeringend nach Kostümen. Mina nähte sie zuerst in ihrer kargen Freizeit, dann machte sie sich selbstständig und gründete eine Kostümnäherei und dann einen Kostümverleih. Ihre große Liebe Julius ließ sie nachkommen, heiratete ihn und beauftragte ihn, Puppenköpfe, Hände und Füße zu modellieren. Wer mit Mörtelspeis umgehen konnte, kann auch modellieren.

Schon bald war sie aus der Theaterszene Chicagos nicht mehr wegzudenken. Ihr Laden wurde immer größer und sie begann ihre Geschwister nachzuholen. Bis auf einen Bruder kamen sie alle. Er blieb ein armer Weber. Nach den europäischen Märchen

waren die amerikanischen Pioniergeschichten dran. Mina mittendrin. Jeden Zeitungsbericht über ihre Arbeit, schnitt sie aus und schickte ihn nach Sindelfingen.

Nach dem Ersten Weltkrieg spendete sie viel Geld an die Quäkerstiftung, die hungernde Kinder in Europa - auch beim Gegner Deutschland - mit warmen Essen versorgte. 1923 stiftete sie das erste Sindelfinger Krankenhaus auf dem Goldberg. Besonders für Wöchnerinnen und schwache Frauen.

1933 nahm sie an der Weltausstellung in Chicago teil - mit einer eigenen Halle, in der sie die berühmtesten 400 Frauen der Weltgeschichte als Figuren ausstellte - in von ihr genähten Kostümen. Ein Welterfolg.

Als Krönung studierte sie noch im Alter Jura, bekam den Doktorhut und kämpfte für die Rechte der Frauen.

Nach einem schweren Schlaganfall starb sie 1961. In den Jahren nach dem Schlaganfall hat sie nur noch schwäbisch gesprochen.

Zum Autor

Jürgen Kaiser, Jahrgang 1953, verheiratet, zwei Kinder, drei Enkel, ist Pfarrer, Diplom- Journalist, Autor, Redner.

Geboren in Grötzingen/Aichtal, aufgewachsen in Wendlingen, dort und in Kirchheim/Teck zur Schule gegangen.

Nach Realschule und Technischem Gymnasium Ochsentour durchs Sprachenkolleg der Ev. Landeskirche. Studium der Ev. Theologie in Tübingen („Stiftler"), Göttingen und Edinburgh. Vikariat in Löchgau, Pfarrverweser in Rommelshausen und Sindelfingen. Dazwischen Studium Diplom-Journalistik an der Uni Hohenheim.

Pfarrdienst in Neckarweihingen. Sonderpfarramt Evangelische Rundfunkagentur Württemberg (ERA) in Stuttgart, Geschäftsführer der Imatel Medien GmbH, danach Geschäftsführer der Evangelischen Medienhaus GmbH. Parallel dazu Lehrbeauftragter an der Uni Hohenheim, Fachgebiet Kommunikationswissenschaften (Moderation und Reportage Radio/TV). Volontärs-Ausbilder, Gründer mehrerer kleiner Medien Start-Ups.

Nebenher Artikel über die schwäbische Lebensart und das schwäbische Wesen. Daraus sind mehrere Bücher entstanden.

Im Ruhestand für das Gemeinwesen engagiert.